理想のヒモ生活

13

フレア姫はというと
人生をかけたプレゼンを行っていた。

Tsunehiko Watanabe
渡辺恒彦
illustration 文倉 十

「ふうう！」
木槍を両手で構えるエリク王子の対面に立つのはプジョル元帥だ。
理想のヒモ生活⑬

「だからこそですよ、父上」
グスタフ王の言葉に、ユングヴィ王子は反論する。
ヒモ生活⑬

「準備は整っているのではないか？」
アウラはそんな言葉で、
そっと夫の背中を押す。
理想のヒモ生活⑬

「スカジと呼んでいただけると幸いです」
長身の女戦士はそう挨拶をする。
理想のヒモ生活⑬

フレア姫の左手が、
剣を掲げる善治郎の右手に添えられる。

「彼女を幸福と豊かさと
愛情で満たすことを誓う」
「彼を慕い、敬い、
愛することを誓う」
理想のヒモ生活⑬

新たな伴侶

ズウォタ・ヴォルノシチ貴族制共和国での
トラブルも乗り越え、『**黄金の木の葉号**』は
ついに**フレア姫**の祖国、**ウップサーラ王国**へと到着する。
グスタフ王との会談に臨んだ**善治郎**は
カープァ王国の代表として、
他国を介さない大陸間貿易の締結、
そして――**フレア姫を伴侶とすること**を希望する。
当然、第一王女の側室入りなど受け入れられるはずもなく、
友好的だった会談の場は、
一転して善治郎への強い敵意で満たされてしまう。
中でもフレア姫の兄、**エリク王子**は善治郎に強く反発する。
そこで善治郎は、ウップサーラ王国の慣習である
『**成人の証**』を立てる代わりに、

エリク王子にとある取引を持ちかけるのだが――。

INTRODUCTION

理想のヒモ生活 13

渡辺恒彦

ヒーロー文庫

CONTENTS

理想のヒモ生活 13

illustration 文倉 十

イラスト／文倉 十
装丁・本文デザイン／5GAS DESIGN STUDIO
校正／相川かおり（東京出版サービスセンター）
DTP／松田修尚（主婦の友社）

プロローグ　広輝宮

北大陸北方諸国が一国ウップサーラ王国。その王都ウップサーラは、メーター湖の北のほとりにある。

メーター湖は、非常に大きな湖だ。琵琶湖の倍近い総面積と言えば、その広さが伝わるだろうか。

元々メーター湖には東側の海へ流出する河川が複数本あったのだが、歴代のウップサーラ王の命令で掘り広げられ、場所によっては連結させ、太い運河になっている。そのため今では、メーター湖自体が巨大な湾のような役割を果たしていた。

そんな王都の中心に位置する王宮――広輝宮の一室で、ウップサーラ王国現国王グスタフ五世は、配下からの報告を聞いていた。

「そうか。『黄金の木の葉号』は無事、ログフォートに着いたのだな」

「はっ。つい先ほどログフォートより来た快速艇の者が、そのように証言しております」

「そうか。そうであったか」

部下の言葉に、グスタフ五世は安堵(あんど)の表情を隠せず、何度も頷(うなず)く。

ログフォートとは、メーター湖と東海岸の接する所に造られた港街である。メーター湖を大きな湾と見立てた場合、海との出入り口にあたる。

近年、外洋船の大型化が進み、運河を通るには喫水の深さや小回りという意味で危険な船が増えたため、大型船は基本的にログフォートに停泊し、王都に向かう人間はそこで別の小型の船に乗り換え、メーター湖を進むケースが増えた。

当然、四本マストの大型船である『黄金の木の葉号』もその対象だ。

「フレア殿下以下『黄金の木の葉号』の乗組員は、ログフォートで一泊した後、船を乗り換えてこちらに向かうそうです。到着は、明日になるでしょう」

「そうか。それは『客人達』も、一緒ということだな」

客人という言葉を口にした時、グスタフ王はその氷碧(ひょうへき)色の瞳を細める。

『黄金の木の葉号』がズウォタ・ヴォルノシチ貴族制共和国のポモージエ港に入港して以降の動向について、グスタフ王はある程度情報を収集していた。

流石(さすが)に共和国のポモージエ港とは比較にならないが、ウップサーラ王国のログフォート港もそれなりに大きな港だ。当然ながら、ポモージエ港とログフォート港を行き来している船も多数存在する。

そんな船が運んできた情報を、グスタフ王は耳にしていた。

「南大陸からの『客人』、か。『商品』や『戦利品』であれば、話は簡単であったのだがな」

そう呟く(つぶや)グスタフ王の表情は少し渋い。

詳しい情報は入っていないし、入っている情報も錯綜(さくそう)しているので断言は出来ないが、どうやら『客人』は南大陸の王族らしい。不確定情報だが、ズウォタ・ヴォルノシチ貴族制共和国のポモージエ侯爵やアンナ王女が、その人物を王族としてもてなしたと聞く。

「『客人』を招く。一応貿易が成功した、と見るべきなのだろうな」

南大陸の王族が『黄金の木の葉号』に乗っている。それが事実だとすれば、フレア姫とその南大陸の国は、友好的な関係を結べたと考えて差し支えはないはずだ。

「フレアはともかく、スカジとマグヌスがついている以上、大きな判断間違いはあるまい」

スカジことヴィクトリア・クロンクヴィストは伝説の魔女スカジの名を許されるほどの女戦士だし、マグヌスはその吐息に潮の匂いが交じっていると言われるほどの、歴戦の船長だ。

どちらも、戦士、船乗りとしての力量はもちろんのこと、その胆力と眼力にも定評のある人物である。

　実のところ、眼力や交渉能力に関してならば、フレア姫はその二人に勝るとも劣らないのだが、親の目にはどうしても、年若い自分の娘にはいつまでも被保護者というフィルターがかかってしまう。

「しかし、あれは育て方を間違えたか……」

　航海中は心配が先に立っていたが、こうして国元まで戻ってくると、王の心を占めるのは愛娘に対する愚痴めいた後悔だ。

「どうでしょうか？　フレア殿下は、芯の強い方ですから」

　グスタフ王の言葉に、配下の一人がそう言葉を返す。

　そこだけ抜き取れば褒め言葉だが、育て方を間違えたかという問いに対する答えとして「芯が強い方ですから」というのは、かなりの暴言である。

　つまり、フレア姫の今のありようは育て方の問題ではない。どうやっても曲がらない本人の本質そのものだ、と言っているのだ。

　そんな部下の言葉に、グスタフ王は苦笑するだけで特別咎め立てたりはしない。

「付けた名前も悪かったのかも知れぬな。ちと奔放すぎるわ。あれが男だったなら良かったのだがな」

「お言葉ですが、フレア殿下のなさっていることは、男であっても王族の振る舞いとしては、諫めなければならぬことです」

「それもそうだな……」

　部下の冷静な指摘に、グスタフ士はつい真顔になる。

『黄金の木の葉号』の大陸間航行は、ウップサーラ王国にとって初めての挑戦だったのだ。当然、先の見通しは立っておらず、命の危険は高かった。

　そこに王族の玉体を乗せるなど、男だ女だという以前の問題だ。もっとも、女の場合はともかく男の場合には、そんな価値観がまだ浸透していないのが、ウップサーラ王国の問題点でもあるのだが。

「だが、我が国の場合、男ならばそうした命知らずの方が受けが良いことも確かだ」

「困ったものです。戦士にとっても船乗りにとっても、避けられない危険に挑む勇気は美徳ですが、挑む必要のない危険を回避することすら、『臆した』と言われ悪徳とされるのは、何とか改善したいところです」

　ウップサーラ王国は戦士の国であり、元を正せば海賊の国である。そのため、良くも悪くも戦士の地位が高く、勇気ある行動が奨励される。それ自体はまずいことではないし、場合によっては国としての長所にもなりうるのだが、臆病と取られる言動を病的に忌避する性質のせいで、融通の利かない戦闘集団となっている。

　戦士団の気質に限らず、今日までウップサーラ王国を支えてきた伝統や気質が、今は国家の成長を妨げている。グスタフ王は、そう痛感していた。

「………」

椅子に深く腰を掛け、背もたれに体重を預けるように天井を仰ぎ見た体勢で目を瞑り、考える。

「今は時代の節目だ。技術も経済活動も、急速に成長を続けている今日。生き残るには苦手の分野でも最低限ついていかなければならん。同時に、得意の分野では絶対に後れを取ってはならん」

ウップサーラ王国は、海賊の国だ。その得意分野と言えば、海以外にない。海上戦力では負けるわけにいかない。そして、船の大型化、高性能化が急速に進む現状で、強い海軍を維持しようと思えば、造船技術の進歩と船員の訓練は大前提として、その土台として最低限の経済規模が求められる。

「我が国が大陸間貿易に割って入るか。荒れるな」

「荒れますか?」

「荒れる。もっと言えば我が国が荒らす立場だ。まあ、それは随分前から覚悟していたことだ。今はもっと身近に迫った問題に目を向けるべきだな。共和国が『騎士団』に宣戦布告をしたという話は確かなのか?」

王の言葉に、先ほどとは別の配下が一歩進み出て答える。

「確証は取れていません。ただし、ポモージエの街に『騎士団』が奇襲を仕掛けたという噂は、複数の筋から入っていますから確度は高いかと。その報復として共和国が宣戦布告をするというのは、ごく自然な流れではあります」

情報源が噂だけのため、どうしても錯綜してしまう。

ポモージエ港が封鎖される前に出航した船がもたらした情報。ポモージエ港の封鎖が解除されてから『黄金の木の葉号』より先に出航した船がもたらした情報。そして『黄金の木の葉号』と同時かわずかに遅れて出航したが、船足の速さから先にログフォートに到着した船がもたらした情報。

それぞれが、確かな事実だけを伝えてくれれば話は早いのだが、残念ながら現実はそうはいかない。なにせ、情報をもたらす大半は、港区域だけを出入りする商船の乗組員達だ。ポモージエで得た情報自体が人づてに聞いただけのものだし、そこからさらに個人個人が、自分の頭の中で進めた想像を付け加える。いい加減に又聞きした人間は、最初の人間が想像で付け加えた部分までを、全てさも実際にあったことのように伝える。

結果、情報は錯綜し、簡単には精査できない混沌を生み出すのである。

現時点で確度の高い情報だけを拾い集めると、『騎士団』が共和国のポモージエに奇襲を仕掛けたことはどうやら確からしい。共和国がそれに対するリアクションを起こす可能性は相当に高い。忘れがちだが、『騎士団』領とウップサーラ王国は一応陸でつながっている。国境は、万年雪で閉ざされた雪山を挟んでいるため、陸路国境を越えて行動を起こすことは困難極まりないが、地理上は『隣国』と言っても間違いではない。

「大陸間航行を成功させたフレア。南大陸からの客人。そして、『騎士団』か。いずれに対しても、『歓迎』の準備をしておかなければならないな」

もちろん、それぞれに対する『歓迎』の意味は違う。

自国の姫の帰還には、愛情をもって『歓迎』する。その姫が連れてきた客人には、礼儀の裏に打算を隠して『歓迎』する。一方、招かれざる客人である『騎士団』に対しては、矢玉をもって『歓迎』するのだ。

共通することは、いずれの『歓迎』にも、相手を満足させるには、十分な事前の準備が欠かせないということか。

「手配しておきます」

「頼んだぞ」

配下の言葉に、王は鷹揚に頷き返すのだった。

第一章　対面

カープァ王国王配、善治郎（ぜんじろう）・ビルボ・カープァは、現在北大陸北方諸国が一国、ウップサーラ王国の王都ウップサーラにいた。

もちろん、フレア姫をはじめとした、『黄金の木の葉号』に乗船していた面々と一緒である。だが、『黄金の木の葉号』自体は、ログフォート港に置いてきたため、現在の一行を『黄金の木の葉号』一行と呼ぶのは少々語弊があるだろう。

ログフォート港で別の船に乗り換え、運河を渡り、メーター湖に進入。その後メーター湖を北西に進み、一行は無事、ウップサーラ王国の王都へ到着したのだった。

当たり前の話だが、メーター湖の湖面は海と比べれば波もなく、格段に穏やかだ。しかし、乗り換えた船は『黄金の木の葉号』と比べるとかなり小さく、また帆船の宿命として風をつかまえる方向が変わるたびに、船が斜めに傾く。

幸いにして善治郎は問題なかったが、船に慣れない善治郎の部下達の中には、定期的に湖の魚に酸っぱい餌をやり続けている者もいた。

そうして到着した王都の港から馬車に乗り換え、ウップサーラ王国の王宮『広輝宮』に向かう。先触れが話を通しているので、そこから先は非常にスムーズだ。

善治郎一行――ここではフレア姫一行と呼ぶべきかも知れない――は、無事『広輝宮』へと到着する。

「フレア殿下」

善治郎は先に馬車から降りると、礼法通りフレア姫の手を取り、エスコートする。

「ありがとうございます、ゼンジロウ陛下」

「……行きましょうか」

「はい、行きましょう」

善治郎の言葉に、フレア姫が同意する。気合いを入れ直して二人が向かうは謁見の間。

待ち受けるはウップサーラ王国現国王グスタフ五世。フレア姫にとっては父にあたる人物だ。

もちろん、待っているのはグスタフ王一人だけではない。フレア姫の母にあたる王妃や、兄弟にあたる王子達王族もいれば、有力貴族や名だたる戦士達も待ち構えているはずだ。

歩き出した善治郎の側に近づいてきた長身の女戦士――スカジが、静かに声をかける。

「ゼンジロウ陛下。差し出がましいようですが、最後にもう一度言わせて下さい。ウップサーラ王宮は、未だ戦士が強く幅を利かせている空間です。戦士の思考、戦士の価値観、戦士の主張が場を支配しています。柔和よりも強固を、妥協よりも強行を。それをお忘れなきよう。彼らとの相互理解は、ぶつかり合った後でも遅くはありません」

「ああ、忠言感謝する」

女戦士スカジの言葉に、善治郎はそう短く言葉を返した。

大陸間航行の間、波が穏やかな時間を使い、善治郎はフレア姫や女戦士スカジから、ウップサーラ王国の風俗や価値観について、可能な限り学んでいた。

さらに、王族をはじめとする重要人物についても、名前、年齢、容姿などについて一通りは聞かされているが、この辺りは正直あまり自信はない。流石に王族は全員覚えたが。

正直、不安は山積みだが、今更引き返すことは出来ない。

「ふう」

善治郎は、弱気を吐き出すように細く息を吐くと、意識的に強く絨毯(じゅうたん)を踏みしめながら、歩みを進めるのだった。


謁見の間での公式対面は、拍子抜けするくらいにあっさりと完了した。

そもそも、謁見の間での主役は善治郎ではない。主題が「見事、大陸間航行を無事成功させた英雄『黄金の木の葉号』の乗組員達を称えること」であるため、主役はあくまでフレア姫達だった。

その勇気と功績を称え、大いに盛り上がるのを蚊帳（かや）の外から長々と見せられた後、至極あっさりと、善治郎達はフレア姫が招いた『南大陸からの客人』として承認されたのだった。

その後『客人』である善治郎以下南大陸人達は、客室に通される。こうして王宮内でも、騎士ナタリオをはじめ、誰も武装解除を求められなかったことからしても、少なくとも表向きは王族、もしくはそれに準じる貴人とその護衛という扱いを受けていると判断してよさそうだ。

「ご用がありましたら、お呼び下さい」

そう言って案内してくれた初老の男と侍女らしき女達が去った後は、気心の知れた南大陸の人間だけが残される。

王との謁見ということで、正装で身を固めていた善治郎達一行は、あらかじめ決めていた順番通り、もう少し楽な服装へと着替える。

真っ先に第三正装を脱ぎ、楽な服装になった善治郎は、コリをほぐすように自分の右手で左肩を揉みながら、

「思ったほど謁見の間の雰囲気は悪くなかったな」

そう、独り言というには大きめの声を漏らす。

その声を受けて、善治郎の着替えを手伝っていた侍女イネスは、小さく首肯することで

善治郎の言葉に同意を示すと、

「はい。ですが、本番はこの後です。その本番にたどり着けるかどうかも、現時点では分かりませんが」

と、早速気が抜けかけている主を引き締める。

「ああ、分かっている。だが、その現状は一時的に私の手を離れている」

「フレア殿下の手腕に期待しましょう」

「そうだな」

侍女イネスの言葉に、善治郎は己を納得させるように大げさに頷いた。


そのフレア姫はというと、謁見の間でまとっていた船長服から姫としての正装であるドレスに着替えると、呼び出された父の私室で、人生をかけたプレゼンを行っていた。

『黄金の木の葉号』の船長となった時に切り落とした己の髪を付け足し、わざわざ姫らしい背中の半ばまである長髪に戻している辺り、少しでも父王の機嫌を取り、何としても自分の主張を認めさせようという、なりふりかまわぬ意志が感じられる。

だが、フレア姫の主張を一通り聞いたグスタフ王の表情は、決してフレア姫の言葉を歓迎するものではなかった。

「……なるほどな。おおよその事情は把握した。北大陸の南方諸国が直接貿易を結んでいない、南大陸の大国カープァ王国か。確かに、お前の言うほどの国力がある国ならば、我が国が率先して交易を結ぶことは、多大な益をもたらすであろう。そのためならば、王族が血の交わりを持つことも選択肢の一つに数えてもよい」

理性的な父王の言葉は、まさしく今、フレア姫の申し出た希望を肯定する言葉だ。だが、もろ手を挙げて喜ぶには、その苦虫を噛(か)み潰したような表情が言葉を裏切ってしまっている。

ぐっと覚悟を決めるフレア姫に、案の定グスタフ王は言葉を続ける。

「だが、面子(めんつ)というものがある。フレア、馬鹿馬鹿しい話だが、国にとって面子とは、時に実益すら上回る重要項目なのだ。フレア、お前は我が国の第一王女なのだぞ。相手が王ならばまだしも、王族とはいえ、女王の伴侶に過ぎない男の元に側室入りするなど、北大陸諸国から我が国が侮られることになる」

それはフレア姫も、想定していた反論であった。北大陸諸国は、一般的に南大陸を格下の存在と見なしている。見下している南大陸の国。相手は王ではなく、王配。必然的にこちらの立場は、正妻ではなく側室。

これだけ悪条件が重なれば、どれほどの実益をもたらすとしても、国威に付く傷は無視できない。

だが、それを踏まえた上で、フレア姫は胸を張って反論する。

「仰る懸念は理解できます。ですが、それすらも今後の情勢にとっては小事となると考えます。我が国が大陸間貿易を成功させる。そのためならば、その悪評も許容するべきではないでしょうか」

「外洋船の進歩に伴う、大陸間貿易の活発化。その流れに乗り遅れてはならないのは確かだ。他の国の手垢が付いてない南大陸の大国、カープァ王国が非常に『美味しい』相手であることも否定せん。だが、だからと言ってお前がゼンジロウ陛下に側室入りしなければならないという結論は、短絡的すぎる」

「ですが、カープァ王国は先の大戦の影響で王族の数を極端に減らしているのです。男の王族はゼンジロウ陛下と、その第一子であるカルロス殿下のみ。カルロス殿下はまだ二歳にもならない年齢ですから、早さが求められる今回の婚姻外交には使えないでしょう。必然的に、お相手はゼンジロウ陛下しかいないのです」

「これ、フレア。分かっているだろうに、とぼけるでない。向こうの相手がゼンジロウ陛下しかいないことは分かっている。こちらがフレア、お前である必要はないと言っているのだ。王の正妃というならばともかく、王配の側室ならば、王女であるお前でなくともよいだろう。ウップサーラ王家の血を引く高位貴族から、年頃の娘を側室入りさせれば、十分ではないか」

「ッ」

父王の反論に、フレア姫は言葉に詰まる。

南大陸の国と婚姻外交を結ぶなどとんでもない、という正面からの反論に対し、実益と時代の流れで説得することを想定していたのだが、婚姻外交そのものには賛成の意を示した上で、善治郎とフレア姫の結婚に反対するとは。

何がまずいかというと、その提案をカープァ王国の女王アウラが聞いたとしたら、結構乗り気になりそうに思える辺りが、非常にまずい。せっかく現実的に見えてきた、「結婚後も船に乗って、自由奔放に冒険する人生」をこんなところで棒に振るのは、絶対にごめんなフレア姫である。

フレア姫は必死に頭を巡らせ、反論を紡ぎ出す。

「じ、十分ではありません。まだ非公式ではありますが、私はカープァ王国のアウラ女王陛下に申し出て、私の側室入りを認めてもらっているのです。あくまで私の側室入りです。ウップサーラ王国の人間の側室入りではありません」

「それはまた軽率な……」

父王はギロリと愛娘を睨む。父王の眼力に抗うように、フレア姫は自分が嫁ぐ条件で女王アウラと交わした条件を伝える。

フレア姫自身が嫁ぐのであれば、カープァ王国の公爵の位と、公爵領として、港に出来る湾岸部の領地をもらえることが内定しているということ。フレア姫が公爵として君臨するその港は、ウップサーラ王国専用の貿易港とすることが許可されること。

同時に、その港では、大陸間航行用の大型船の造船ドックを築造する予定があること。そこで建造する大型船のうち八隻までの、偶数番号の船はウップサーラ王国の所有物と出来ること。それらの費用は全て、カープァ王国が持つこと。

それらの条件を聞いたグスタフ王の顔から、段々と険が消え、興味深そうな表情をのぞかせた。

「……うむ、悪くない」

フレア姫が述べたのは、全てウップサーラ王国側のメリットだ。その裏で、カープァ王国には大型船の造船技術が存在しないため、造船の技師はこちらが出さなければならないこと。必然的に、そうした高度な技術がウップサーラ王国からカープァ王国に流れることにもなること。また、造船だけでなく、その後大型船で大陸間航行を成功させるための操船技術や、北大陸の優れた製鉄技術なども、カープァ王国に流れることなど、カープァ王国側のメリットも当然存在する。

大ざっぱに見れば、カープァ王国が金と土地を提供し、ウップサーラ王国が技術と人を提供するという条約である。

なるほど、この規模の条約を締結させるには、王位継承権を持たない高位貴族の娘では、流石に身分が軽すぎる。他国の高位貴族に過ぎない娘に、公爵位と領地をくれる王国など存在すまい。

中立的な見方をすれば、王族の一人ぐらい嫁がせなければ、カープァ王国の立場がないくらいに、向こうの持ち出しが大きい条約だ。

「うぅむ、どうしたものか」

グスタフ王は、天井を仰ぎ見るようにして考える。愛娘の勝手は叱っておく必要があるが、それはそれとして、フレア姫が言っている内容は魅力的だ。

ウップサーラ王国はあまり豊かな国ではない。歴史を通して尚武の国であり、海賊の国である。国土の多くは氷に閉ざされているため農業が弱く、代わりに貧しい植生でも生存可能な山羊(やぎ)やトナカイの畜産で補っている。漁業は盛んだが、海上陸上どちらも交易の中心となる立地条件にはない。

初期条件で言えば、中堅国どころか、弱小国でなければおかしいような国だ。

それを、曲がりなりにも中堅国まで引き上げているのが、猛き戦士の気質と、造船、製鉄に代表される優れた職人達の技である。

(だが、それも今の時代の流れでは、遠からず過去のものとなる)

グスタフ王はそう考えている。効率化、大量生産化が進む製造技術。船の大型化に伴う貿易の活性化。必然的に拡大する経済圏と、そこから生まれるこれまでとは比べものにならない大国、覇権国家の誕生。その流れに、民族の気質や個人の技に頼ったままの国家では、追随は難しいだろう。

しばし考えた後、グスタフ王が出した結論は、保留だった。

「まずは、ゼンジロウ陛下の人となりを知ってからだな」

「ッ、では⁉」

一歩前進したことに喜色を表す愛娘に、グスタフ王はピシャリと言う。

「そのため、ゼンジロウ陛下と私的な会談の場を設ける。その場には、お前達も同席してもらうが、発言は許さん。そこでの受け答えで、ゼンジロウ陛下がお前を与えるに相応しい人物か、測らせてもらうぞ」

人となりを知るための会談の場。尚武の気質が強いウップサーラ王国の場合、それは圧迫面接のようなものになるだろう。分かってはいるが、これを避けては目的が達せられない。

「無論、ゼンジロウ陛下の人となりを知るのとは別に、カープァ王国が貿易相手、条約を結ぶ相手として、信用に足る国なのかも調べる。そこを混同することはない」

「……承知いたしました」

父王の言葉を受け入れたフレア姫は、内心で善治郎に強い罪悪感を抱く。

それはそうだろう。カープァ王国の女王アウラが求めているのは、北大陸の技術及び大陸間貿易の締結であり、ウップサーラ王国国王グスタフ五世は、その点に関してはすでに受け入れる腹積もりがあることは間違いない。

そこに第一王女である自分が、王配善治郎の側室に入ろうとするから、話が難しくなっているのだ。

言ってしまえば、フレア姫の我が儘を叶えるために、善治郎はしなくてもよい苦労をすることになるのである。

「……ゼンジロウ陛下には、そのように伝えておきます」

（私個人からも、何らかの埋め合わせが必要ですね、これは流石に）

そんなことを考えながら、フレア姫は「では、失礼します」と言い残し、腰を浮かせる。

だが、そんな愛娘に、グスタフ王は先ほどよりもさらに険しい顔で、手を広げてその動きを制すると、

「待て。話はまだ終わっておらぬ。いや、今の話はこれで終わりだが、お前にはもっと他にも聞かなければならぬことが多数ある。まず、此度の共和国と『騎士団』の諍い。なぜか、我が国も共和国側で参戦するというまことしやかな噂が流れているのだが、その件について、じっくり説明してもらうぞ」

「……はい」

父王の言葉に、観念したフレア姫は小さく頷くと、浮かしかけていた尻を椅子の上へと戻すのだった。

翌日、善治郎一行は広輝宮の奥まった一室に呼び出されていた。グスタフ王とフレア姫の会談内容については、昨日のうちにフレア姫から聞かされている善治郎である。

緊張を精一杯隠して、席に腰を下ろす。

部屋には長いテーブルがあり、その短辺側に善治郎、対面の短辺にグスタフ王、善治郎から見て左手側の長辺にフレア姫をはじめとする『黄金の木の葉号』の一行が、右手側の長辺にグスタフ王とフレア姫以外の王族や、高位貴族、名を持つ戦士などが座っていた。

騎士ナタリオをはじめとする善治郎の部下は、善治郎の後ろで立っている状態だ。

その白い大理石造りのテーブルはなかなかに大きく、そのため席に着いた人数は多数に及んだが、善治郎としてはむしろそれはありがたかった。

人数のことよりも、対面のグスタフ王との距離が離れていることの方が、大事だからだ。

最初に定型じみた挨拶（あいさつ）を交わし、グスタフ王が「して、ゼンジロウ陛下。折り入ってお話があると聞いたが？」と早速水を向けてきたところで、善治郎の番となる。

善治郎は万が一にも声がかすれないよう、一度唾（つば）を飲み込んだ後、ゆっくりと口を開いた。

「はい。単刀直入に申し上げます。カープァ王国は『ウップサーラ王国が申し出た』他国を介さない大陸間貿易の締結を、受け入れる準備がございます」

善治郎の言葉に、右手側に座る貴族達から「おお」という軽い感嘆の声が上がる。

善治郎はじっとりと手の平に汗をかいていることを自覚しながら、素早く対面に座るグスタフ王の反応を探る。

グスタフ王からは肯定の言葉も、否定の言葉も発せられない。出来ればここで言質（げんち）を取っておきたかったのだが、これ以上時間を置けば、目ざとい人間にこちらの意図を察せられかねない。

カープァ王国とウップサーラ王国の直接貿易は、「ウップサーラ王国の申し出」をカープァ王国が受け入れてやった立場だ、という前提であり、「両国の希望による貿易」ではないこととなる。

ひとまず、王族重鎮集まる中「誰も否定しなかった」という事実と、肯定的な空気で満足しておくべきだ。そう判断した善治郎は、誰かに口を挟まれる前に次の言葉を続ける。

「大陸間貿易を成功させるため、両国友好の懸け橋の象徴として、私は貴国ウップサーラ王国第一王女フレア・ウップサーラを我が伴侶として迎えることを希望します」

善治郎の言葉に対するウップサーラ王国側の反応は、多種多様だった。

「ふざけるな！」と取り付く島もなく、怒りをあらわにする者。

「いくら何でもそれは」と嫌悪感を示す者。

「冗談にしても笑えない」と、嘲りの表情を隠さない者。

大体は予想していた通りの反応である。根本的に北大陸の人間は、南大陸を下に見ている傾向が強い。その上、善治郎は前日の謁見の間で、『女王アウラの伴侶』と、その立場を明確にしているのだ。

必然的に善治郎の言葉は、第二夫人――側室として、フレア姫をくれと言っていることになる。

自国の第一王女が他国の王配の側室になる。これは、両国に対等な意識を持っていても、拒絶反応があるのが当然というものだろう。

だからそんな中、「ほほう」と驚きの声を上げた後、さも嬉しそうに笑っている銀髪の少年の反応は、明らかにおかしいというべきだ。

銀色の髪に氷碧色の瞳。その身にまとうは、ウップサーラ王国の王族であることを示す、青の装い。

成人している王族と一部の重鎮については、名前と外見の特徴を事前にフレア姫から教えられてきた善治郎だが、その大半は、こうして一度会っただけでは誰が誰だか分かったものではない。

だが、この銀髪、氷碧色の瞳の少年だけは、一目見ただけで誰なのか、確信できる。

ウップサーラ王国第二王子ユングヴィ。第一王女フレアの双子の弟。

その容姿は驚くほど、フレア姫に似ている。背は善治郎よりも高いし、顔立ちもある程度男性的になっているため、見間違えるということは流石にないが、フレア姫とユングヴィ王子が双子であることは、一目見れば疑いないほどよく似ている。

一瞬善治郎と視線が合った時に、笑みを深めたように見えたのは、気のせいではあるまい。フレア姫が『黄金の木の葉号』の船長となろうとした時も、王族で唯一フレア姫の応援に回ってくれた人物らしいので、この場でも応援してくれているのだろうか。

善治郎がそんなことを考えている間に、ユングヴィ王子の隣に座る男が、大きく音を立てて、椅子から立ち上がった。

「話にならん！　貴様はふざけているのか⁉」

年の頃は二十代の前半ぐらいだろうか。見事な金髪と、綺麗な緑眼が印象的な偉丈夫である。その見た目の情報と座っている位置、そしてその身にまとう王族を意味する青の衣装から、善治郎はその人物の名前を脳裏に思い浮かべる。

ウップサーラ王国第一王子エリク。フレア姫やユングヴィ王子とは、髪の色から顔立ちまで似たところが少ないのは、母親が違うからだ。

エリク王子がはっきりと自分に罵声を浴びせている。それを意識しながら、善治郎はあえて視線をそちらに向けず、いかにもわざとらしく無視をして、対面に座るグスタフ王へと言葉を投げかけた。

「いかがでしょうか、グスタフ陛下。もちろん、この場でご返答をいただけるほど、簡単な話でないことは承知しております。まずはご一考いただければ幸いです」

「貴様ッ!?」

あからさまに無視され、エリク王子は激昂(げっこう)する。

だが、善治郎は意図して平静を保ったまま、頑としてそちらに視線を向けなかった。

エリク王子にその意図があるかどうかは別として、礼儀に反しているのはエリク王子の方である。

善治郎は昨日謁見の間で名乗っているが、その場で名乗り返したのは玉座にいたグスタフ王だけだった。つまり、現時点でエリク王子は自己紹介もせず、他国の王族に話しかけているのだ。

しかも、その王族は王配という少々特殊な立場ではあるが、第一王子であるエリクと同等か、見方によっては善治郎の方が上の立場にある。その人物が、自国の王と対談しているところに、横からくちばしを突っ込んだのだ。

無視する、聞こえなかったふりをするというのが、善治郎がこの場で取れる最も温厚な対応であった。聞こえた前提で対応をするならば、まず真っ先に「無礼者、名を名乗れ」という叱責をしなければならない。

事前に聞いた話では、このエリク王子という人物は、フレア姫を妹として愛していることは間違いないらしい。ならば、善治郎の「お前の妹を俺の側室によこせ」という発言に怒りを覚えることは、感情としては理解できる善治郎である。

心情的にも、交渉をまとめるという実利的にも、ここでエリク王子の無礼を糾弾したくない善治郎は、無視したままグスタフ王に問いかける。

「非常に難しい問題であることは、理解しているつもりです。この申し出を受け入れるということは、フレア殿下にとって故国に別れを告げるということ。可能であれば、他の方のご意見もお聞きしたい次第です」

そう言って一瞬だけ視線を横に流した善治郎の意図は、対面に座るグスタフ王に伝わったのだろう。

グスタフ王はわざと一つ大きな溜息をつくと、

「ご配慮痛み入る、ゼンジロウ陛下。先ほどから随分と大きな声で『独り言』を言っている者がいるな。今のゼンジロウ陛下のご提案に意見のある者は、挙手せよ。『正式に名乗り出た』後、意見することを許す」

そう言ってギロリと、金髪を振り乱して席を立っている息子を睨む。正しい手順を踏まない限り、公式の発言とは認めない。その意味が分からないほど馬鹿ではないエリク王子は、不本意ながらも一度席に腰を下ろした。

「陛下。発言許可を求めます」

「許す」

それから、改めて立ち上がったエリク王子はその緑色の瞳に、先ほどに倍する威圧感を込めて善治郎を睨みつける。

「お初にお目にかかる、ゼンジロウ陛下。私はウップサーラ王国第一王子エリク。母親は違うが、フレアは私にとって妹にあたる。よって陛下の先ほどの発言は、決して看過できるものではない」

「初めまして、エリク殿下。殿下のお噂はかねがね。私の方が年上ですが、将来的には義兄と呼ばせていただきたいと考えております故、仲良くしていただきたい」

「まっぴらごめんだな。私は妹の幸せを真剣に考えている。つまり、貴公への側室入りには反対だ」

早速言葉が荒くなるエリク王子に、善治郎は少し反論する。

「エリク殿下がフレア殿下の幸せを考えていることには、一片の疑いも抱いておりません。しかし、その仰りようでは、エリク殿下がフレア殿下の幸せを『理解している』ことにはいささか疑問を感じずにはいられません」

「……随分な言いようだな。その言い方では、生まれた時から共に過ごしてきた血のつながった兄である私より、一年程度の付き合いしかない貴公の方が、フレアを理解しているように聞こえる」

「正しく伝わったようで幸いです」

女戦士スカジからの「衝突を恐れるな」という忠告を思い出した善治郎は、あえてごまかさずにそう言う。

実際、エリク王子がフレア姫の幸せを『理解』していないことは、間違いないと断言できる善治郎である。

これは、フレア姫が王侯貴族の女としてあまりに特殊な価値観を持っているため、エリク王子が一方的に悪いわけではないが、同席しているフレア姫の顔色を見れば、少なくともこの申し出がフレア姫の意思を無視した善治郎の独断でないことは明らかだ。

それを承知の上で、論外だと切って捨てるのは、「フレア自身の希望など知ったことではない。フレアの幸せは俺が決める」と言っているに等しい。

何だかんだでフレア姫に情を寄せている善治郎としては、反発を覚える態度である。

善治郎の挑発的な言葉に、エリク王子は親しみを全く感じさせない笑顔で応じる。

「ほう？　随分と言ってくれるな。そこまで言うならこっちも遠慮はせぬ。はっきり言わせてもらおう。貴公からは戦士の気骨を全く感じられぬ。顔も、立ち姿も、言動も全てが臆病者のそれよ。そのような臆病者に、フレアを守れるとは到底思えぬな」

戦士ではない。臆病者。ウップサーラ王国の男にとってならば、最大級の侮辱であったが、善治郎は内心で「大正解です」と思うだけで、怒りや憤りを覚えることはなかった。

むしろ、意識的ににんまりと笑うと、

「これは失礼した、エリク殿下。どうも話が食い違っているようですね。私が結婚を申し込んでいるのは、こちらにいるフレア殿下です。エリク殿下の妹君とは全くの別人のようですので、ご心配は無用」

わざと嫌みったらしい口調で言う。だが、残念ながらそれだけでは意味が通じなかったらしく、エリク王子は激昂するのではなく、不快げに首を傾げるだけだ。

嫌みの説明を自分でするというのは、ギャグの説明を自分でするのと同じくらいに恥ずかしくて空しいものだ。

だが、この場ではそれを行わなければ、話が進まない。

「ああ、これは失礼。フレア殿下の幸せに関する話だと思っていたのですよ。ですから、エリク殿下が唐突に、『守れる男』などという、フレア殿下の幸せとは全く関係のない話を始めたので、戸惑ったのです。

よもやエリク殿下は、国中が引き留めるのを振り払い、王国初の大陸間航行船の船長となることを望んだフレア殿下が『誰かに守られること』を幸せと感じるなど、見当違いなことを仰ったわけではございますまい？」

「貴様ッ⁉」

言われていることを理解したエリク王子は、ガタリと音を立てて再び立ち上がる。先ほどまで発していたのが怒気だとすれば、今発しているのは紛れもない殺気だ。後ろでガタリと、騎士ナタリオが反応したくらいだ。冗談では済まない、本気の殺気だろう。

恐らく隠しきれていないだろうな、と内心諦めの気持ちも抱きつつ、それでも精一杯平静を装った表情と声で、善治郎は対面に座るグスタフ王に告げる。

「お聞きの通り、エリク殿下が反対されていたのは、フレア殿下のことではなかった模様です、グスタフ陛下」

立ち上がったエリク王子が腰の剣に手を掛けているのを、視界の端に見ながら、善治郎はグスタフ王の言葉を待つ。

グスタフ王は一つ大きな溜息をついてみせると、

「ゼンジロウ陛下。仰ることにも一理ある。フレアは確かに、守られることに幸せを感じるような、普通の女ではないだろう。しかし、それとは別に、父や兄の立場ならば、愛する女を守ることも出来ないような、弱い男の元に嫁がせることを不安に思うのは当然ではないか？　いかなる幸福も、まずは生きていればこそであろう」

そう諭すように言った。こちらは流石王様である。息子であるエリク王子が感情を前面に押し出した主張の、誤っている部分を認めつつ、巧みに正当性を補強し、善治郎の言葉に反論をしてみせる。

さらに言えば、弱い男という部分にアクセントをつけた時に、グスタフ王はわざと少し首を動かし、善治郎の肩に視線を向けていた。激昂するエリク王子の殺気に震える、善治郎の肩に。

こちらの戦闘力という意味での弱さは、立ち姿だけで見抜かれているだろうし、今の怯(おび)えで精神的な弱さも暴かれたと思ってよいだろう。

「グスタフ陛下の仰る通りです。少々熱くなって、言葉が過ぎました」

女戦士スカジから「絶対に引くな」と言われていたが、あえてここは一歩引いてみせる。

正直賭けに近いと思っているが、グスタフ王とエリク王子の人となりが、善治郎の印象から大きく外れていない限り、こういう反応を見せれば、こちらが望む方向に進むという確信があった。

「そうだ！　『成人の証』も立てていない男の元に、ウップサーラ王家の女をやるわけにはいかん！　他の条件など、全てはその後だ！」


一度視線をグスタフ王の方へと向けて、目で「止めなくていいのか？　この言葉に、こちらが応えてよいのか？」と問うが、グスタフ王は無反応という反応をもって肯定した。

思った通りの反応を示すエリク王子と、その言動を止める気がないグスタフ王に、善治郎は内心「かかった」と高揚する。

「なるほど、興味深いお話です。北大陸でもさらに北に位置するウップサーラ王国には、独特な風習があるのですね。ですが、私は南大陸カープァ王国の人間。文化の違いをご理解いただけると、幸いです」

先ほどよりもトーンを下げて、皮肉も交えず理解を求める善治郎の物言いを「弱気」と断定したエリク王子は、嘲笑うような目線を向けながら、吐き捨てるように言う。

「出来るわけがなかろう。『成人の証』などウップサーラ王国では最低条件。曲がりなりにも、王家の娘を娶(めと)るというのならば、『戦士の証』を要求したいところなのだぞ」

『成人の証』と『戦士の証』。

どちらも、結婚を申し込むのならば話題に上がる可能性が高いということで、事前に言葉の意味は女戦士スカジから聞かされていた善治郎であったが、あえてとぼける。

「お言葉から察するに、前者は成人として認められるための証、後者は戦士として認められるための証と推測します。ですが、前者に関しましては、私はカープァ王国で正式に成人と認められた身ですし、後者に関しましてはそもそも私は戦士ではございません」

きっぱりと、聞きようによっては危険から身を遠ざけようとしているように、意図的に少し声を大きく、早口にしながら善治郎はそう言う。

「ふん、臆したか」

「………………」

心底侮蔑するようにそう吐き捨てるエリク王子に、善治郎は沈黙をもって答える。この場で反論しないのは、事実上の肯定だ。それを理解した上で、善治郎は意図的に、エリク王子がさらに何かを言うまで、沈黙を保つ。

「はっ、底が知れたな。『成人の証』は、その名の通りウップサーラでは子供が挑み、成人と認められるためのもの。『成人の証』すら立てられない臆病者には、成人としての権利は一切認められぬ。言うまでもなく、婚姻は成人だけに認められた権利だ」

その言葉に、善治郎はいかにもプライドを傷つけられたと言わんばかりの怒りをにじませ、問い返す。

「ほう？　この国には臆病者の男はいない、と？」

あえて、その言葉はエリク王子だけでなく、この場にいる全体に問うように、善治郎はゆっくり首を動かし、視線を部屋にいる全ての男達に向ける。

善治郎の視線を受けて、目を逸らす者は一人もいなかった。老いも若きも、いかにも戦士といった体格の男達はもちろん、数少ない文官とおぼしき線の細い男達も、「当然だ」と言わんばかりに、頷いている。

今のところは、思った方向へ誘導できている。善治郎は焦りと恐怖、そして劣等感をあえて隠さず表情に出しながら、反論する。

「そうですか。その辺りは文化の違いですね。我が国でも戦士は尊ばれる存在ですが、全ての男が戦士ではありませんし、また戦士ではない男が尊ばれないわけでもない」

それは、ウップサーラ王国の男達には聞き苦しい言い訳にしか聞こえない。

「ならば、その文化を尊重できる女と結婚すればよい。我が国の女、それも王女を娶るというならば、最低限その程度の歩み寄りは欲しいものだ」

もうすっかり侮った表情を隠さなくなったエリク王子の言葉に、その場にいる男達は声こそ出さないものの、表情で同意を示す。

例外はエリク王子の隣に座っているイングヴィ王子と、グスタフ王ぐらいだ。逆に言えば、その二人は善治郎が思う方向に思考と感情を誘導できていないということである。

この二人は要注意。頭の中で自分に警告を送りながら、それでも全体の流れは思う通りに進んでいると見た善治郎は、予定していた言葉を発する。

「双方の歩み寄りは大切ですね。特にこれまで国交のなかった遠国同士が国交を開く際には、どちらかが一方的に押し付けるだけでは破綻する」

「その意見に同意するとしても、この件に関しては、こっちが譲る話ではない」

「そう一方的に決めつけられるのも心外です。そうだ。それならば、エリク殿下を我が国に招待しましょう。そこで我が国の文化、風習を知っていただければ、我が国との国交が貴国にも大きな益となることが理解できるはずです」

これまでの会話は全て、逃げ道を塞いだ上でこの提案をするためのものだった。国の重鎮であれば誰でもよかったのだが、エリク王子という第一王子が釣れてしまったのは、幸いと言うべきか、大物すぎてまずいと言うべきか、正直判断はつかない。

だが、大して頭の良くない善治郎に、今更予定を変更して別な方向から攻めるほどの交渉力はない。

「何を馬鹿なことを。私はフレアと違う。何年も国を空けていられるほど暇な立場ではない」

虚を突かれた後、吐き捨てるようにそう言うエリク王子に、ここが勝負どころであることを理解している善治郎は畳みかける。

「ご心配には及びません。私は『瞬間移動』の魔法が使えます。これは多少の制約はありますが、一度自分が訪れたことのある場所に、人や物を瞬時に送ることの出来る魔法です。一瞬でカープァ王国へ送って差し上げますよ。流石に日に何度も使えるものではありませんが、殿下のためならば喜んで使わせていただきます」

そう言って善治郎はにっこりと笑った。

人や物を一瞬で遠方に運ぶ『瞬間移動』の魔法が使える。善治郎の言葉に、その場には今までとは全く異なったざわめきが起こる。ウップサーラ王国は血統魔法を持たない王家だが、北大陸にも血統魔法を有する王家は存在するため、善治郎の言葉を嘘偽りだとは思わない。

「くだらん、なぜ私がそんなことをせねばならぬ」

乱暴な言葉で善治郎の提案を切って捨てようとするエリク王子だが、この期に及んでそんな強引な回避を許すわけにはいかない。

「左様ですか。良い提案だと思ったのですが、無理強いは出来ませんね。まあ、フレア殿下のように、海を越えて異国に赴くのは非常に勇気のいる行為です。エリク殿下が『臆する』のも無理はございません。いや、無理を申しました。お詫び申し上げます」

わざとらしく頭を下げる善治郎に、エリク王子は怒りを通り越し、完全に凍り付いた。

その隙に、善治郎は話を進める。

「しかし、そうなりますと、別段私が『成人の証』を立てる必要はないということになりますね。この国に臆病者の男はいない、という主張でしたが、現にこうしてこの場にいらっしゃるようですし。

では、問題はなくなりましたので、改めて私とフレア殿下の婚姻の許可をいただきたいのですが」

「訂正しろ！」

腰の剣を半ばまで引き抜いているエリク王子に、善治郎は恐怖と緊張で引きつる笑みで答える。

「それが不可能なのは、エリク殿下もご存じなのでは？　私はただ事実を指摘しただけです。それを訂正できるのは他人の言葉ではありません。ただ一つ、本人の行動のみです。それとも殿下は、私が、『成人の証』など立てなくとも私はフレア殿下と婚姻を結ぶに相応しい男です、訂正して下さい、と言えば、訂正して下さいますか？」

「貴様の戯言と、私が指摘した事実を一緒にするなっ」

低く、喉の奥から絞り出すようなエリク王子の声は、すでに爆発寸前まで高まっている殺気を、嫌でも感じさせてくれる。

「紛れもない事実ですよ、殿下が私の提案を拒絶されたのは。臆したからではない、とエリク殿下は仰りたいのでしょうが、その判断をされるのは殿下ご自身ではありません」

そう言って善治郎は、この場にいる人々に視線を向ける。

その動きに誘導されるように、自国の重鎮、戦士達に視線を向けたエリク王子は、一気に頭から冷や水を浴びせられたように、怒気を失った。

全員ではない。むしろ全体から見れば少数だが、間違いなくこちらに非難の視線を向けている者がいる。

「口では威勢のいいことを言っているが、いざとなったら危険からは言い訳をして逃げるのか？」

そんな、幻聴が聞こえてくる。

ウップサーラの戦士には、試練から逃げることを、半ば無条件に臆病者と蔑む悪癖がある。グスタフ王が懸念している問題が、今、エリク王子を蝕んでいた。さらに問題は、そんな戦士達の白眼視を「くだらない」と切って捨てられないくらいに、エリク王子自身もその戦士の価値観に染まっていることだ。

エリク王子が何か言おうと口を開いたところで、善治郎が先に言葉を紡ぐ。

「勇猛であるよりも、臆病であることが求められる時もある。私は常々そう考えています。ですが、今この場で求められているのが勇気だというのならば、いいでしょう。臆病者の自覚がある私が、なけなしの勇気を絞りましょう。フレア殿下に婚姻を申し込むため、ウップサーラ王国の慣習に従い、『成人の証』を立ててみせます」


本人が言う通り、恐怖に震える声で、それでもきっぱりとそう宣言する善治郎に、ウップサーラの戦士達から初めて「ほう」と少し見直したような声が上がる。

「とはいえ、先ほども申し上げた通り、両国の今後のためにも、一方的な譲歩をするつもりはございません。こちらのご提案通り、エリク殿下が勇気を示し、我が国に来て下さった暁には、の話ですが」

「…………」

エリク王子が善治郎に、物理的な圧力すら感じさせる視線を向ける。それでも、剣をしまって尻を椅子に戻す辺り、激発して怒鳴るだけでどうにかなる場面ではないことを、理解したのだろう。

まだ冷静にはなりきれないエリク王子が何か言うより先に、善治郎の対面に座るグスタフ王が静かに口を開く。

「ゼンジロウ陛下。確認するが、陛下は『成人の証』を立てることで、フレアに『婚姻を申し込む』のですな？　あくまで申し込むのであって、『成人の証』を立てただけで、フレアとの婚姻が成立するとは、お考えでない？」

「はい、左様にございます、グスタフ陛下」

むしろ指摘してもらって助かった。内心そう考えている善治郎は、素直に肯定する。

今回の『成人の証』とやらをクリアしても、あくまで得られるのは婚姻を申し込む権利だけ。言ってしまえば、現状『論外』と切って捨てられている話を、『一考の価値あり』としてテーブルに載せるというだけだ。

「だ、そうだぞ。エリク」

父王に話を振られて、エリク王子は今更ながらに思い出す。

フレア姫が強引に船長となったが、元々『黄金の木の葉号』を造らせ、大陸間貿易に乗り出したのは、グスタフ王だったことを。

善治郎は、南大陸の王族に過ぎない身でありながら、ウップサーラ王国の王女を側室によこせとのたまう不逞（ふてい）の輩（やから）ではあるが、同時にグスタフ王が国の命運を託している大陸間貿易の鍵を握る賓客でもある。

少なくとも、グスタフ王は今のところ、カープァ王国を『対等な国』と見なし、交渉を持とうとしている。そこまで理解が及べば、もはやこの状況で自分の言えることは一つしかないということは、エリク王子にも分かる。

「承知いたしました、グスタフ陛下。カープァ王国の実態。私がこの目でしかと見てきましょう」

とエリク王子は大きな声で宣言した。その勇気を褒め称えるように、ウップサーラ王国の戦士達が声を上げる。

「ありがとうございます、エリク殿下。それでは、エリク殿下という賓客が来ることを伝えるため、侍女の一人を先触れとして送ります。それから、エリク殿下を送った後、私も『成人の証』の試練に挑みましょう」

善治郎の言葉に、エリク王子の時よりは随分と小さいが、それでも同質の、勇気を褒め称える声が上がる。

そこには、先ほどまで自国の王子を臆病者呼ばわりしていた者へ向ける、怒りや侮蔑といった負の感情が全く感じられない。

この時善治郎は初めて、事前に女戦士スカジから受けていた忠告の意味を肌で感じ取った。なるほど、これがウップサーラの戦士の気質か。口汚くののしり合った後でも、相手が賞賛に値する勇気を見せれば、その勇気を称える。これならば確かに、下手に最初から妥協して、言いたいことをのみ込みご機嫌を取ろうとするより、ぶつかるだけぶつかって、その上でどうしても相手が譲れない部分をのみ込む方が、話が早い。その譲れない部分というのが、どうもこちらが身体と命を張らなければならないことばかりなのが、少々問題ではあるが。

エリク王子自身さえ、善治郎に対するわだかまりを完全に解いたわけではないが、『成人の証』の試練に挑むと言った時には、「それでよい」と言わんばかりに、険の取れた表情で何度か頷いていたくらいだ。

数少ない文官達の表情にも歓迎の色が見えるのは、勇気うんぬんというよりも国益で考えて、大陸間貿易成立の可能性が高まったからだろう。

そんな中、例外は対面に座るグスタフ王と、エリク王子の隣に座る銀髪の少年——ユングヴィ第二王子である。グスタフ王は苦笑を隠していないし、ユングヴィ王子は今にも噴き出しそうな笑いの衝動を噛み殺しきれず、つつけば決壊しそうな面白い表情をしている。

どうやらこの二人には、ばれているようだ。今の善治郎の発言が、勇気とは対極の、自分の命の保障を取り付けた上での、打算によるものであることが。

「ゼンジロウ陛下」

「はっ」

後ろめたい気持ちのある善治郎は、グスタフ王に名前を呼ばれ、つい背筋が伸びる。

グスタフ王は柔和な笑みを浮かべると、

「子に愛情で上下はつけられぬが、王として王子王女に優先順位はつけざるを得ない。その点で言えば、エリクはいずれ王となることが決まっている身だ。どうか、無事お返しいただきたい」

そう言って意味ありげに、善治郎としっかり視線を合わせる。

「はっ、誓ってそのように」

善治郎はその視線から逃れるように、小さく頭を下げるのだった。

会談が終わった後、エリク王子は父であるグスタフ王に呼び出されていた。

王宮にある王の執務室で、エリク王子は父王の前に腰を下ろし、殊勝に言葉を待つ。

「少々予定外だが、お前には骨を折ってもらうことになった」

父王の言葉に、エリク王子はふてぶてしく笑い、応える。

「決まった経緯は少々不本意ですが、結果はむしろ望むところです。カープァ王国、ひいては南大陸を私がこの目で見て、評価を下してやりましょう」

「頼んだぞ」

「お任せ下さい」

グスタフ王は、エリク王子の眼力をある意味で非常に信頼している。それは、典型的なウップサーラ戦士の眼力として、だ。

国力を戦力だけで見る悪癖があるのが困りものだが、その目は確かだ。エリク王子が強いと言えばその国は強いし、弱いと言えばその国は弱い。少々潔癖すぎるところと、感情を偽るのが下手なところが欠点だが、感情的に激発することはあってもそれを理由に聞く耳を塞ぐことはないし、何よりそうした性根が戦士達の支持を集めている。

今はまだ若いが、経験を積めば自分よりよほど良い王になるだろうと、グスタフ王は確信している。問題は、その時間が果たしてあるのかということなのだが、これぱかりは、グスタフ王の管轄外のことのため、祈ることしかできない。

あの場での『臆した』『臆さない』のやり取りがあったため、エリク王子は単身カープァ王国に行くことになってしまったが、それ自体に危険はないだろうと、グスタフ王は楽観視している。

カープァ王国は、危険な大陸間航行船に数少ない王族を乗せるくらいに、ウップサーラ王国との大陸間貿易に乗り気なのだ。カープァ王国サイドの先触れは出すらしいし、エリク王子がよほどの無礼を働かない限りは、賓客として丁寧な扱いを受けることだろう。

ただし一つだけ、そこを失敗すれば一貫の終わり、という問題点がある。

グスタフ王は、少し表情を険しくすると、そちらの問題について告げる。

「して、問題は並行して行われるゼンジロウ陛下の『成人の証』だな。同行者については、慎重を期す必要があるぞ」

ウップサーラ王国を含む北方諸国で行われている『成人の証』。それは、十人に満たない人数で山、もしくは海に向かい、そこで一定以上の大物を仕留めてくることで果たされる。

山ならば、最低ラインの鹿をはじめ、トナカイ、狼、イノシシ、熊など。海ならばアザラシ、トド、セイウチなどが求められる。

これは領土の多くが雪に閉ざされ、農耕の発達が遅れた文化であるため、一家の大黒柱たる成人した男には、最低限猟師または漁師としての力が求められることに由来する風習らしい。

もちろん、今では専業兼業合わせても、猟師、漁師として糧を得ている者はそこまで多くないのだが、その風習は根付いたままだ。

鉄を鍛える鍛冶師(かじし)も、親の酒場を受け継いだ店主も、大学に勤める講師でさえ、若い頃に山か海で、『成人の証』を立てている。

「確かに、本当に『成人の証』を立てる若者達の群れに放り込むわけにもいきませんな。若者達の手に負えるような足手まといではないでしょう」

苦笑するエリク王子の言葉に、グスタフ王は「やはり、分かっていなかったか」と頭を抱える。

『成人の証』は元々、これから『成人の証』を立てようとする者、つまり未成年の若者数人が一緒に挑むことが一般的だったのだが、時代が進むにつれて成人した経験者の同行が許されるようになった。

今では、本人に武力で身を立てる意思がなく、家に十分な財力がある場合などは、本人以外全員が熟練の猟師という乳母日傘（おんばひがさ）な編成で『成人の証』を立てる者も少なくない。もちろん、本職の猟師、漁師を目指す者、さらにはその後『戦士の証』を立てて戦士となるつもりの者は、そんな抜け道は使わないのだが。

一般的に、王族、高位貴族ほど戦士の気質が強いせいで、王宮中枢に近いほど、昔ながらの『成人の証』が行われているのだが、グスタフ王は、善治郎にそのやり方を押し付けることは不可能であると、理解していた。

「そういう話ではない。ゼンジロウ陛下には、可能な限り早く『成人の証』を立てていただかなければならないのだ。最悪『成人の証』を立てることに失敗したとしても、無傷で帰ってきていただく必要がある」

グスタフ王の言葉に、状況を理解していないエリク王子は、不満を隠さず鼻を鳴らす。

「他国の貴人、今後の付き合いを考えれば陛下が気を配ることも理解できますが、そこまでする必要があるのですか？　『成人の証』で怪我を負ったり、命を落としたとしても、それは本人の武腕、武運の問題でしょう」

「そういう問題ではない。我が国としては、お前という男を失うわけにはいかぬのだ」

「は？　私ですか？」

まだ意味が分かっていない息子に、グスタフ王は噛んで含めるように説明する。

「ゼンジロウ陛下の宣言を聞いていなかったのか？　ゼンジロウ陛下はこう言ったのだ。『エリク殿下を送った後、私も、『成人の証』の試練に挑みましょう』とな。つまり、ゼンジロウ陛下が『成人の証』に挑んでいる間、お前は南大陸にいるということになる。ゼンジロウ陛下に万が一のことがあった場合、お前はどうやって帰ってくるのだ？」

「……あ？」

そこまで言われてやっとエリク王子も、善治郎の発言の内容に気がついた。

善治郎が無事に帰ってきてくれない限り、自分も南大陸から帰ってこられないのだ、という単純極まりない事実に。

「し、しかし、それが血統魔法であれば、カープァ王国にも同じ魔法の使い手はいるでしょう。最低でも、女王アウラなる人物はその使い手のはず」

「忘れたか、エリク。ゼンジロウ陛下は『瞬間移動』について『一度自分が訪れたことのある場所に、人や物を瞬時に送ることの出来る魔法』と言っていたであろう。カープァ王国に何人『瞬間移動』の使い手がいるかは知らぬが、ウップサーラ王国、いや北大陸に来たことのある『瞬間移動』の使い手は、間違いなくゼンジロウ陛下ただお一人だ」

「…………」

全てを理解したエリク王子は、表情を失った。その顔に、怒りという表情が戻ってきたところで、グスタフ王がすかさず釘を刺す。

「やけを起こすなよ。お前は将来王となる身なのだ。感情に任せて死を選ぶ自由はない」

「……はっ」

諭されたエリク王子は、苦虫を噛み潰したような表情で、首肯する。エリク王子がカープァ王国から戻れない覚悟さえ決めれば、善治郎に意趣返しをすることは出来る。だが、そうして得られるのは、「やり返してやった」という満足感だけ。善治郎を失ったカープァ王国が、エリク王子の命を奪わない理由はない。

結果、ウップサーラ王国もカープァ王国も大切な王族を失うという、両国が大損するだけで誰も得しない結果になる。それを許すほど、グスタフ王は息子に甘くはなかった。

「ゼンジロウ陛下に死なれるのは論外だが、『成人の証』を立てるのにあまり時間をかけられるのも、望ましくない。ゼンジロウ陛下が『成人の証』に挑んでいる時間は、お前がカープァ王国に滞在している時間になるのだからな」

まずいことに、原則『成人の証』に時間制限はない。証に相応しい獲物が見つからなければ、何日も何ヶ月も粘ることも許されている。善治郎がそうした行動に出た場合、それはそのまま、エリク王子がカープァ王国に留め置かれる時間となってしまう。あまり望ましい事態ではない。

「加えて『騎士団』と共和国の間に戦が起きる。それも今までとは規模の違う大戦だ」

「確かですか?」

戦という言葉に、エリク王子が大きく反応する。それは、どちらかというと喜色に近い反応だ。戦を厭わない勇猛さは頼もしくもあるが、戦を厭わない価値観は、次の王になる者と考えれば少々不安もある。

「確かだ。『騎士団』と共和国。海の向こう、雪山の向こうの話だが、隣国と言えば隣国の話でもある。フレアが共和国のアンナ王女にいいように使われた件もある。こちらまで飛び火することはまずないだろうが、備えは必要だ。だから、お前にあまり長い時間、国を空けられるのは困る」

「はい」

エリク王子の答えには、強い覇気が感じられた。実際、戦闘指揮官としてのエリク王子は非常に頼りになる存在である。有事が近づいている時に不在が問題になる程度には。

「そのためにも、ゼンジロウ陛下の『成人の証』は出来るだけ早く成し遂げてもらいたい。となると、付き人の人選が重要だ。エリク、お前は誰を推薦する?」

とグスタフ王に問われ、エリク王子は考え込む。

「優れた戦士、優れた猟師の心当たりは多数ございます。その中には、憚りながら、私が命ずれば命に代えてもその命令を実行するであろう、忠誠を誓う者もいます。その者達を同行させれば、護衛対象に傷を負わせることはまずないでしょう。

ただ、『成人の証』では、最終的に獲物は自分一人で仕留める必要がある。

どれほど有能な同行者に守られていたとしても、正直あの男に証を立てられるとは、思えません」

きっぱりと言い切ったエリク王子の言葉は、善治郎に対する敵愾心ではなく、純粋にその能力を見抜いたが故の懸念であった。

エリク王子くらいの戦士ならば、対象の体つき、立ち姿、そして歩く姿勢から、戦闘の素人か玄人かの区別くらいはつく。だから、断言できる。善治郎は全くの素人、それこそ女子供並みだ、と。

周りをどれだけ凄腕で固めたところで、当の本人がど素人では『成人の証』を立てるのは難しい。助言は許されるが、獲物は誰の手も借りずに仕留めなければならないのだ。

罠の使用も許されているが、その罠を仕掛けるのはあくまで本人がやらなければならない。護衛が仕掛けた罠にはまった獲物を、遠間から槍で一突き、証を立てました、というのは流石にこの時代でも認められない。

今はまだ春。ウップサーラの山の大半は雪に覆われている。武器や罠、泊まりで山にこもる場合の寝袋等といった道具も、自分で運ばなければならない。正直、善治郎という男に達成可能な試練だとは、エリク王子には思えなかった。

「確かにな。こちらとしても、何とかゼンジロウ陛下には『成人の証』を立てて欲しいのだが、無理な場合も想定しておく必要はあるだろうな」

「父上は、フレアをあの男の妾とすることに賛成なのですか？」

いっそ清々しいほどに真っ直ぐ聞いてくる息子に、王は苦笑を隠せない。

「少なくとも反対ではないな。国の体面さえ整えれば、十分にあり得る『取引』だ。フレアが愛する娘であることは間違いないが、王家として替えが利かない存在ではない。まだ幼いが、イェルダとヒルダがいる。替えが利かないのはお前くらいだ」

声色には父としての愛情をにじませながら、語っている内容は冷徹な為政者のそれである。グスタフ王は三人の妻との間に、男三人、女三人、合わせて六人の子をなしている。子供達の婚姻に政治が絡み、国益にかなうか否かで判断されるのは、王家に生まれた以上避けようのない話だ。

「大陸間貿易の重要性は理解しているつもりです。ですが、我が国の第一王女が、南大陸の王配の側室になるなど、外聞が悪すぎます。それに、フレアにはもっと幸せになれる未来があってもよいはずだ」

　善治郎が聞けばまた面倒なことになりそうな言葉だが、エリク王子としては本音の本気である。王女として周りから祝福される結婚をさせてやることが、フレア姫にとっての幸せであると、エリク王子は信じて疑っていない。

「まあ、そうだの」

　短く答えるグスタフ王も、その価値観は共有している。異なるのは、フレア姫の本心が普通の幸せな結婚よりも、善治郎への側室入りに傾いていることを察していることだ。

　しかし、それを分かった上でも、個人的な感情でいえば、フレア姫の意思を尊重することは難しい。娘が、自称ミュージシャンや自称お笑い芸人との結婚を本気で望んでいることを理解はしても、それを心から祝福できる親はいないようなものだ。本人の強い希望であっても、常識的には決して幸せになれるとは思えない婚姻を、応援してくれる親兄弟は、かなり少数派だろう。

　だが、グスタフは父である前に王であった。

「先に言っておくが、カープァ王国との大陸間貿易は、原則決定事項だと思え。ゼンジロウ陛下とフレアの婚姻に反対するのはかまわぬが、そうすることで大陸間貿易の締結に悪影響を及ぼさない範囲に限る」

「……分かりました」

何だかんだで父王の判断を信頼しているエリク王子は、感情をのみ込んで答える。

「とはいえ、このままでは外聞が悪いというお前の懸念は正鵠を射ている。その問題を解決するために、手を打つ必要はあるだろう。ゼンジロウ陛下に『成人の証』を立てていただくのも有効な手ではある。それだけでは足りぬがな」

王配善治郎に第一王女フレアが側室入りする。それだけを聞けば、どうしてもカープァ王国が上で、ウップサーラ王国が下の婚姻外交だ。だから、その分を埋め合わせるために、カープァ王国と善治郎自身に骨を折ってもらう。それも出来るだけ、周囲に分かりやすい形でだ。

そういう意味では『成人の証』を立ててもらうというのは、分かりやすい手ではある。

通常、王家の婚姻外交で娘を他国に出す時、北大陸北部だけの風習である『成人の証』を求めたりはしない。それを受け入れるだけで、善治郎がこの婚姻のために、身体を張っていると見ることが出来るだろう。

「それならばあの軟弱者の方から『もう結構。発言を撤回する』と言い出させてやりますよ。もちろん、身体には傷一つ付けさせませんが」

メラメラと闘志を燃やす息子の発言に、グスタフ王は「やりすぎるなよ」と溜息交じりに伝えるのだった。

　エリク王子が退室してしばらくした後。グスタフ王の私室には、次の来客の姿があった。

「お呼びですか？　父上」

　ウップサーラ王国第二王子ユングヴィである。フレア姫を魔法で男に変えたらこうなるのではないか？　そう思えるほどよく似ているユングヴィ王子は、フレア姫の双子の弟で、特に髪の銀色と瞳の氷碧色は全くの同色だ。その上、グスタフ王としては悩ましいことに、ユングヴィ王子はその精神性においてもフレア姫と似通っている部分が多々見られた。

　だが、今はその、少しでもフレア姫に近い人間の意見は貴重だ。

「お前の判断が聞きたい。帰国後、フレアとは二人で会って話をしたか？」

　父王の言葉に、銀髪の第二王子は小さく頭を横に振る。

「いいえ、残念ながら。『黄金の木の葉号』の船員を捕まえて簡単な話は聞き出しましたが、フレアとはまだ話せていませんね」

　というユングヴィ王子の言葉は事実である。ユングヴィ王子とフレア姫は、ウップサーラ王家の中では特に仲の良い組み合わせであるが、今はどちらも成人した王族だ。

　同じ時を生きてきた王子と王女でも、成人してしまえば、簡単に会いに行けるものではない。お互いの服を取り換えて、周囲をだまして遊んだ子供の頃とは違う。

少し当てが外れたグスタフ王であったが、それでもひとまずは話を進める。

「そうか。では、出来るだけ早めに会っておいてくれ。なんならこちらから手配する」

「承知いたしました、父上」

余裕のある笑みを浮かべるユングヴィ王子が、グスタフ王には少し妬ましく思える。ユングヴィ王子にとってフレア姫と話をするということは、純粋に喜ばしいことなのだ。娘として愛している確信がありながら、フレア姫からの面会依頼が入るたびに、腹の奥にズシリとした重みを感じるグスタフ王からすると、正直うらやましい。

だが、だからこそこの第二王子は、フレア姫との『通訳』として有効だ。

「率直な意見を言え。お前は、フレアの側室入りをどう考える？」

「良いのではないですか？　これほど三方共に望ましい政略結婚というのも、むしろ珍しいと思いますが」

父王の言葉に第二王子は、確信をもってそう答えた。

三方とも。カープァ王家、ウップサーラ王家、そしてフレア姫個人のことだ。唯一無視されてるのが、もう一人の当事者である善治郎だが、そこはユングヴィ王子にはあずかり知らぬところである。国益ならばともかく、個人の心情など分かるものではない。寝食を共にした家族でもない限り。

「フレアにとって望ましい婚姻か。それは、一時の気の迷いではないのか？」

　グスタフ王がそう尋ねるのは、激発する感情が時として後の長い後悔を生むことを理解しているからだ。

「違う、とは言い切れません。でも、断言できるのは、僕の知る限りフレアの価値観は、子供の頃から今まで一度も揺らいだことがありませんよ。その価値観に照らし合わせれば、今回の側室入りは、望外の幸運と言うしかない。

　父上や兄上が考える幸せな結婚は、フレアにとっては王族として果たさなければならない義務、でしかありません」

　真面目に娘の幸せのため頭を悩ませているつもりだったグスタフ王は、第二王子の辛辣な評価に溜息をつく。

「幸せではなく義務、か」

　そこまで価値観が異なっているとなると、血を分けた娘でも理解することを放棄したくなってしまう。

「しかし、三方良しとするには、我が国の風評という問題がある。我が国の第一王女が南大陸国の王配の側室となるという問題はどう捉える？」

　そちらの問題に関しても、ユングヴィ王子は一顧だにしない。

「それこそ、気にするようなことではないでしょう。元々『教会』の勢力圏は、精霊信仰国である僕達北方諸国を下に見ています。例外はズウォタ・ヴォルノシチ貴族制共和国ぐらいのものではないですか」

ユングヴィ王子の言葉は事実であったが、同時に国際社会への理解が薄い若輩者の、軽挙な言葉であることも確かだった。

「だからこそだ、ユングヴィ。だからこそ、我が国は『教会』諸国からこれ以上侮られるわけにはいかぬのだ。忌々しいが奴らとの交易なくして、国は成り立たぬのだからな」

正確に言えば、国が成り立たないということはない。同じ精霊信仰国である北方諸国だけで交易を閉じても、しばらくの間は今の国力を維持できるだろう。しかし、今の北大陸は大幅な技術革新、経済圏拡大の真っ最中だ。周辺諸国が爆発的に成長している中での現状維持は、相対的な国力の先細りに他ならない。

だが、そんな父王の言葉に、ユングヴィ王子は反論する。

「だからこそ、だからこそですよ、父上。この機会に、『教会』諸国の風下から抜け出すのです。南大陸との直接貿易にはそれを叶えるだけの潜在能力がある。新型の大型帆船ならば、航路を確立すれば、我が国からカープァ王国まで他の港を経由しない直接貿易が可能になるのも、そう遠いことではないでしょう。

しかも、カープァ王国の王家は『瞬間移動』が可能だという。流石に『瞬間移動』で貿易は成り立たないでしょうが、担当者や書状などは安全に、素早くやり取りできるのですよ。さらに、カープァ王国にはワレンティアという大型帆船がそのまま入港できる港が存在しているそうです。それなのに、現状北大陸との直接貿易は行っていない、南大陸有数の大国。

こんな条件の国との貿易を見逃すのは、馬鹿の所業ですよ」

話している間に段々熱くなってきたのか、最後は椅子から腰を浮かせ、かなり大きな声でユングヴィ王子はそう言い切った。

確かに条件を並び立てれば、カープァ王国は貿易相手として、最善という評価すら飛び越えている。ある意味で、新たなる時代の兆しを、誰よりも敏感に感じ取っているのが、この銀髪の王子なのかも知れなかった。

「そのためならば、一時的な国威の低下すら些事と言うか。言いたいことは分かる。だが、私には出来ん判断だな」

「それならば、近いうちに僕に王位を譲って下さいよ。そうですね、キリが良いところで僕の二十歳の誕生日なんてどうでしょう？」

フレア姫とよく似たその顔に、フレア姫とよく似た笑みを浮かべる。ただし、その氷碧色の双眼が見据える先が異なっている。フレア姫が、己の自由と未知の探求を見据えているのに対し、ユングヴィ王子は自国の玉座と繁栄を見ている。

「十年早い。今のお前には怖くてとても玉座を譲ることは出来ん。順当に行けば、お前が次のウップサーラ王であることは確かだが、絶対ではないぞ。玉座が欲しければ、己に磨きをかけろ」

「承知いたしました、陛下」

父王の言葉に、第二王子は無邪気に見える笑みを浮かべるのだった。

二人の息子を連続して見送ったグスタフ王は、一つ溜息をつく。

「成人を迎えた息子は二人とも見どころがある。これ以上を望むのは贅沢（ぜいたく）というものなのだろうが、な」

分かってはいるのだが、親としてはどうしても子供達の欠点が目に付いてしまう。

エリク第一王子は武人の思考に捉われがちで、視野が狭い。ユングヴィ第二王子は、野心が強すぎて、国の成長を急がせようとする危なっかしさがある。

グスタフ王自身もまだ四十代だ。あと十年は自分が、国の舵（かじ）取りをする覚悟をしておくべきだろう。となると、カープァ王国との大陸間貿易を成立させるのも自分の仕事だ。覚悟を決めたグスタフ王は、呼び鈴を鳴らし、側近を呼びつける。

「お呼びですか？」

「ゼンジロウ陛下に連絡を取れ。明日、余人を交えず二人だけで話がしたい、とな」

「かしこまりました」

グスタフ王は椅子に深く座ったまま目を瞑り、善治郎という男を思い出す。

戦士達の価値観で見れば、情けない、頼りないと一刀両断にされるたぐいの男だ。だが、そんな男が、あの場ではエリク王子をはめて、まんまと交渉を成立させた。

そして、先ほどのエリク王子の反応は、善治郎に怒りと同時に負けん気を刺激されていた。少し見方を変えれば、エリク王子が善治郎という男を「対等な対戦相手」として、認めたと言える。グスタフ王はそれを良い方向への変化だと考える。

「もう一手欲しいな。エリクだけではない。その周囲を固めている戦士達も、一撃入れてもらえると、非常に助かるのだがな」

出ていく側近の後ろ姿を見送りながら、グスタフ王はそう呟いた。

第二章　成人の証

数日後。エリク王子を『瞬間移動』で、カープァ王国へと送る日が来た。

先触れとして、エリク王子のカープァ王国行きが決まったその日のうちに、侍女の一人に書状を持たせて、カープァ王国の石室へと送っている。そのため確認する手段はないが、女王アウラをはじめとしたカープァ王宮側に、話は通っているはずだ。

今日の午後、エリク王子が『瞬間移動』でカープァ王国に行き、明日、善治郎が『成人の証』を立てるため、山へ向かうことになっている。

『成人の証』。海か山に向かい、そこで『証』と認められる獲物を仕留めてくることだ。昔は未成年だけで行う儀式だったらしいが、今はその道の玄人の同行が認められている。ただし、同行者は助言は出来ても、助力は出来ない。同行者の助けを借りた時には、その時点で一度失敗したと見なされる。今日まで仕留めた獲物の中で一番大きいのが、子供の頃に捕まえたカブトムシかカエルである善治郎には、荷が重い話である。

エリク王子が待つ部屋に向かう廊下を歩きながら、フレア姫が心配そうに善治郎に問う。

「ゼンジロウ陛下。本当に、スカジを付けなくてよいのですか？」
同行者として、能力的にも人格的にもフレア姫が一番信頼している女戦士スカジを推薦したのだが、善治郎は「全ての人選はエリク殿下に委ねる」と言ってその申し出を断ったのだ。

当然のように自分もついていくつもりだった騎士ナタリオも、善治郎の決定にはかなり強く異を唱えたのだが、善治郎は結局今日の今日までその意見を曲げることはなかった。女戦士スカジはともかく、騎士ナタリオを連れて行かないのは、残念ながら当然の決定と言える。

季節はまだ春。善治郎が『成人の証』を立てに向かう山には、まだ至る所に雪が残っているし、夜などは気温もかなり下がる。

戦闘力と体力は善治郎より圧倒的に上の騎士ナタリオでも、その条件下では、下手をすれば善治郎より足手まといになりかねない。善治郎は高校まで過ごした故郷で、ある程度雪に慣れ親しんでいる。スキーもそれなりに出来るほどだ。

まあ、所詮は現代の高性能なスキー靴とカービングスキーでの話で、この世界の細長い木の板に蝋（ろう）を塗っただけのスキーで雪山に挑む度胸はないが。

「よろしければ、お教えしますよ」とスキーの名手でもある女戦士スカジが提案してくれたので、そのうちこの世界のスキーをたしなんでも面白いかも知れない。もちろん、それは今ではない。

「大丈夫です。浅知恵と言われるかも知れませんが、一応考えていることがあるのです。そのためには、むしろ純然たる味方は一人もいない方が良い」

「それは、先日のお父様との会談が影響してのお言葉ですか？」

先日の会談。それは、善治郎の『成人の証』挑戦と、エリク王子のカープァ王国行きが決まった翌日のことだ。

「余人を交えず、二人だけで話がしたい」とのことだったため、正真正銘、護衛の騎士や侍女達すら連れずに、二人きりで話し合いの場を設けたのだ。話の内容は、グスタフ王からのちょっとした頼み事であり、その頼み事を無事成し遂げた暁には、フレア姫の側室入りを内定してもよい、というものであった。

予想以上の急展開に驚きを隠せなかった善治郎だが、それは願ってもない申し出であった。問題は、その頼み事というのが少々難物であったということだが、それも一晩考えた結果、目のありそうな作戦を一つ思いついた。

一国の王がわざわざ側近から護衛まで外して持ちかけた密談だ。言うまでもなく、そこで交わした会話は、他言無用であるため、フレア姫の問いにイエスともノーとも答えるわけにはいかない。

返答がないのは最初から予測していたのだろう。フレア姫から返事を促す声は上がらず、代わりにこちらの表情をつぶさに観察する視線を感じる。

代わりに口を開いたのは、フレア姫の後ろに控えている女戦士スカジだった。

「荷物は本当にあれだけでよろしいのですか？」

善治郎の出発は明日だ。すでに荷物はまとめ終わっている。雪残る山で狩りをするための道具など、善治郎には見当がつかないため、猟師としても凄腕だという女戦士スカジに用意してもらったのだが、善治郎はスカジが「最低限これは絶対に必要」としたものからさらに荷を減らしたのだ。

故に、スカジが心配するのも無理はないのだが、スカジの言う「最低限これは絶対に必要」セットを全て持ち運べるほどの体力が、善治郎には備わっていない。

「かまわない。スカジ殿が必要と言うのだから本当に必要なのだとは思うが、私にそれを扱える技量がない。それを持ち運べる体力もな」

「せめて、弓矢か槍のどちらかだけでもお持ちになりませんか？　『成人の証』では同行者の持ち物を使用した時点で、失格となるのですよ？」

善治郎が真っ先に「不要」と切って捨てたのが、その二つだった。理由は簡単で、どちらも善治郎には全く使いこなせるものではないからだ。弓矢など、真っ直ぐ飛ばせるようになるまで月単位の時間が欲しいところだし、槍に至っては論外だ。

熊やイノシシはもちろん、鹿であっても、善治郎に槍で刺せる距離に近づく勇気はない。代わりに善治郎が持ったのが、各種の罠である。

「罠猟は、弓矢や槍以上に年期がものを言うのですが」

渋い顔でそう言うスカジの言葉は事実である。獣が通る道を見抜き、獣の五感をごまかしながら、獣の知恵を上回る罠を仕掛けなければ、獲物はかからない。しかし、罠猟にはたとえ失敗してもこちらの被害がないというメリットがある。

「ああ、駄目で元々のつもりだ。やるだけやってみるさ」

善治郎は気楽な口調でそう答える。

「そうですか」

獲物が仕留められなければ、『成人の証』は得られない。弓矢も槍も持たず、罠も『駄目で元々』という心構えでは、『成人の証』が得られる算段が立たないではないか。

女戦士スカジは、ちらりと主であるフレア姫の方に視線を向けたが、フレア姫はただ黙って微笑むだけだった。

善治郎が『成人の証』を得られなければ、フレア姫の悲願である側室入りは叶わない。フレア姫の立場からすると『駄目で元々』では困るのだが、流石にこれ以上善治郎の負担を増やす提案は出来ない。

元々、カープァ王国もウップサーラ王国も大陸間貿易を望んでいるのだ。グスタフ王が言った通り、ウップサーラ王国の高位貴族の娘を側室に出すのであればもっと話はスムーズに進むし、場合によっては婚姻外交なしで貿易を締結してもよい。

話をややこしくしているのは、そこに自分の願望をねじ込んだフレア姫なのだ。だから
フレア姫はこれ以上、善治郎に負担をかけるつもりはない。だが、自分の夢を諦めるつもりもない。

「スカジ。ユングヴィと連絡を取りたいの。出来るだけ早くセッティングして下さい」

フレア姫は隣を歩く腹心の女戦士にだけ聞こえるように、極めて小さな声でそう言った。


善治郎一行がたどり着いた時には、すでにエリク王子一行は約束の場所で待っていた。

「これは、お待たせしました、エリク殿下」

待ち合わせ時間にはまだ十分に間があるのだが、待たせてしまった以上、善治郎はそう切り出す。

「いや、さほどではない、ゼンジロウ陛下」

エリク王子も片手を上げて、鷹揚に受け流す。この辺りは、大陸の南北を問わないやり取りのようだ。

挨拶が済んだところで、善治郎は改めてエリク王子の姿格好に目を向ける。

エリク王子の格好を一言で表せば、『飾り立てた武装』であった。作りこそ豪華だが、

鎧も腰に下げている剣も明らかに実用を前提に作られている。鎧は色鮮やかに磨き上げられていても、重くて頑丈そうな鋼と柔らかくしなやかな獣皮の二重構造。剣は鞘と柄頭には宝石がちりばめられているが、肝心の柄は見た目を度外視して、滑り止めを重視したのだろう、武骨な鮫皮（さめがわ）が張られている。

少々物騒ないでたちであるのだが、ウップサーラ王国における王族男性の正装イコール武装というのは、紛れもない事実らしい。カープァ王国の夜会でスカジが着ていたような軍服もあるのだが、それはどちらかというと略式正装、善治郎の第三正装のようなものだという。まあ、それが嘘だとしても、全く未知の国に単身送られるというのに、非武装で行け、とは流石に言えない。

武装以外にエリク王子が持っているのは、美しい蒼（あお）い布で包まれた細長い棒状のものだけだ。手土産の宝剣らしい。恐らくは、エリク王子が腰に下げているそれを上回る宝剣にして実用剣だ。ウップサーラ王国の製鉄技術は、明確にカープァ王国に勝っているので、間違いなく価値のある土産となるだろう。

「先触れを送ってありますので、エリク殿下は賓客として遇されます。不自由は、かけません」

善治郎は一瞬、不自由はかけないはずです、と言いかけたのをのみ込み、かけませんと言い切る。情報が一方通行のため言い切るのは怖いが、この件の責任者は善治郎だ。曖昧（あいまい）

な言葉は許されない。

「ああ、信用しよう」

エリク王子は鷹揚に頷いた。この数日ですっかり腹を決めたのだろう。これから単身未知の土地に行くことが決まっているのに、全く動じていない。

「こちらはいつでもよいのですが、今すぐでよろしいですか？」

「いや、少し待ってくれ。向こうに行く前に面通しを済ませておきたい。この者達が、ゼンジロウ陛下の『成人の証』に付き添う者達だ」

エリク王子の言葉を受けて、後ろに控えていた五人の男達が一歩前に進み出た。

年の頃はバラバラで、一人が四十過ぎ、一人が二十歳前、残りの三人は三十前後といったところだろうか。共通しているのはその体つきだ。いずれも百八十を大幅に超える長身で、均整の取れたよく鍛えられた身体をしている。

「私の腹心の者達だ。いずれも優れた戦士だが、それ以上に優れた猟師である。この者達が付き従う以上、命や五体を損なうような大怪我はしないことは保証しよう」

「ヴィクトルと申します、ゼンジロウ陛下。『成人の証』を立てるためですから、かなりの制限はありますが、その制限の中ではお手伝いさせていただきます」

五人の代表なのだろう、四十過ぎの男――ヴィクトルがそう言って右拳でドンと自分の胸を突いた。王宮の礼法ではなく、戦士か猟師の挨拶なのだろう。

「善治郎だ。よろしく頼む」

挨拶を返しながら、先日グスタフ王と交わした密談の内容を思い出す。このヴィクトルという男は、エリク王子の腹心であると同時に、グスタフ王の意を受けて動くグスタフ王の腹心でもある。

そのヴィクトルはともかく、後ろの男達の表情には、よく見れば善治郎に対する怒りや侮りの感情が見て取れる。特に、一番若い男は完全にこちらを睨みつけている。エリク王子の腹心というならば、当然の感情だ。

善治郎は先日、エリク王子と舌戦を繰り広げ、エリク王子が本気で腰の剣を抜きかけるところまでいったのだ。主がその状態で、善治郎に負の感情を抱いていないとしたら、むしろその方が問題がある。

たとえ負の感情を抱いていても、ウップサーラの戦士は主の命令には従順だ。エリク王子が、「ゼンジロウ陛下を守るよう全力を尽くせ」と命じた以上、その命令は遵守されるはずだ。命令に反して善治郎を害するようなことがあれば、害した戦士はもちろんのこと、そのような戦士に信頼を置いていたエリク王子の名誉も著しく損なうこととなる。

とはいえ、自分の安全を保障するはずの護衛兼案内人が自分に負の感情を抱いているというのは、元々小心者の善治郎にはなかなかこたえる。しかも、グスタフ王との密談で交わした条件を満たそうと思えば、ここからさらに彼らの神経を逆撫(さかな)でしなければならないのだ。

王配の分際で他国の第一王女を側室によこせというのだから、このくらいの無理難題をこなすのも当たり前だと納得はしてるのだが、だからと言ってプレッシャーを感じないわけではない。

胃の奥が熱くなる感覚を覚えながら、善治郎は口を開くと、事前に用意していた言葉を発する。

「ところで、確認したいのだが。『成人の証』を立てるには、その間は助言以外の助力を受けてはいけない。それ以外の助力を受けた場合には『成人の証』を立てるのに失敗したと見なす。で間違いないな？」

「はい、その通りです」

ヴィクトルが肯定したところで、善治郎は次の言葉を続ける。

「私の聞いた限りでは、『成人の証』に挑むのに回数の制限はないことになっている。何度失敗しても、再挑戦してよいし、最後に一度成功すれば『成人の証』を立てたと認められる、と。私も同じ条件だと思ってよいのだろうか？　その場合には、ヴィクトル殿達には何度となく世話になるのだが」

本職の猟師に付き従ってもらって、日が暮れるまでに獲物を狩れなかったらギブアップ。猟師の用意したキャンプ道具で一泊して（夜の見張りは当然猟師がやる）、翌日猟師の手を借りて山から戻る。そして、体調を整えて、後日再度挑戦。獲物が狩れるまで、それを繰り返す。というやり方でも、現在の『成人の証』のルールには反していない。

実際、戦士、猟師、漁師などとは縁遠い職業に就く裕福な家の人間は、そういうやり方で『成人の証』を立てる者もいるという。

だが、善治郎の質問に、エリク王子達は揃って渋い顔をした。予想していたことだが、やはりそういうルールの穴をつくようなやり方は、あまり歓迎されないようだ。

エリク王子はしばし考え込んだ後、何か思いついたように言う。

「……率直に言えばあまり望ましくはないな。少なくとも、一度も失敗せずに『成人の証』を立てた場合と比べれば、以後の交渉は難航することは覚悟していただく。

また、その場合、一度失敗した時点で、私が帰国できるように取り計らってもらいたい。前にも言った通り、私もあまり時間のある身ではないのだ」

エリク王子の出した交換条件は、幸い善治郎が事前に予想していた範疇であった。

無論、そのまま受け入れるには、危険な提案ではある。小心者の善治郎が、自分に負の感情を抱いているエリク王子の腹心達にその身を預けることが出来るのは、南大陸にいるエリク王子を連れ戻せるのが善治郎しかいないという、保険があるからだ。

歯に衣着せぬ言い方をすれば、エリク王子を人質に取ることで、身の安全を確保していると言ってもよい。

そのエリク王子をウップサーラ王国に戻した後に、エリク王子の腹心達と『成人の証』を立てに山へ向かう度胸など、小心者の善治郎にはない。

だから、善治郎は無理に笑顔を浮かべると、こちらの条件を突きつける。

「分かりました。『一度失敗した時点で』エリク殿下を帰国させることは、お約束しましょう。私はフレア殿下との婚姻を認めていただけるよう、最善を尽くすのみです。ただ、そうなりますと一つ懸念事項がございます」

緊張と恐怖を隠しきれない、引きつった作り笑い。はっきり言えばかなり情けない顔である。だが、先日その表情にしてやられたエリク王子は、油断するどころかむしろ警戒心をあらわにする。

「何だ？」

厳しいエリク王子の声を受けて、善治郎は答える。

「私は、少しでも認めていただけるよう、一度で『成人の証』を立てたいと考えます。そうなりますと、昼だけ山で狩りをして、日帰りを繰り返すやり方ではあまりに日数がかかりすぎる。それはエリク殿下にとっても本意ではない」

「それは確かにそうだな」

警戒しつつも、エリク王子は同意の言葉を返す。話の流れも分からないまま、ついさっき自分が言ったことを撤回するわけにもいかない。

「そうなりますと、どうしても一つ懸念事項があるのです。私の都合ではなく、彼らの都合で引き返すとなった時、それは『成人の証』挑戦の失敗に数えられるのでしょうか？」

「……ん？　どういう意味だ？」

よく聞いていても、善治郎の言わんとしていることがエリク王子には理解できなかった。それはエリク王子だけではない。善治郎の言う彼ら、ヴィクトル達も話の流れが理解できなかったようで、首を傾げている。

「それは、あれか？　ヴィクトル達がゼンジロウ陛下の状態を見て『もう戻った方が良い』と助言したら、ということか？　その場合にしても、最終的な決断はゼンジロウ陛下が下すことなので、ヴィクトル達の都合とは言えぬぞ」

エリク王子の言葉に、善治郎は自分の心音が聞こえそうなほど心臓を高鳴らせながら、首を横に振る。

「いえ、違います。もっと単純なことです。私以外の人間が『もう耐えられない、これ以上進めない、帰らせてくれ』と言い出した場合、もっとハッキリ言えば『私の動きについてこられず、置き去りにしてしまった』場合のことです」

「…………」

善治郎の言い分に、エリク王子は怒りを通り越してあっけにとられた。

本人の申告など聞かなくても、一目見れば分かる。善治郎は素人だ。戦士として素人だ。猟師として素人だ。山歩きにおいて素人だ。正直、最高の幸運に恵まれても善治郎が無事『成人の証』を立てられる可能性は、相当低いとエリク王子は思っている。

その善治郎が、こともあろうに、ウップサーラ王国でも選りすぐりの戦士であり猟師であるヴィクトル達が、自分についてこられない心配をするとは。

怒る気すら起きないエリク王子は、溜息をつくと苦笑を隠さず、諭すように言う。

「ゼンジロウ陛下、それは無用な心配だ。逆ならばいくらでも起こりうる話だが、この者達がゼンジロウ陛下についていけないということは、あり得ぬ」

まったくもって同感だ。そう言いたい善治郎だが、それを言っては話にならない。善治郎は引きつった笑顔で、自分でも難癖に近いと思っていることを言う。

「しかし、上手の手から水が漏れることもございます。山に慣れていても、道中高熱を出すこともあるかも知れません。万全の注意を払った熟練者が、絶対に山道で足を滑らせてくじかないとは言い切れません。そのようなことがあった時の対応をお聞かせ願いたい」

それはもはや、誰がどう見ても、言いがかりとしか言いようのない反論だった。善治郎の指摘するような可能性もゼロではないだろうが、そんなことを言い出すともうキリがない。

エリク王子の表情にはあからさまな不快感が浮かぶ。それでもまだどこか警戒の色が残っているのは、先日善治郎にしてやられた記憶がまだ鮮明に残っているからだろう。しかし、腹心の部下達の手前、彼らを全面的に信じるというスタンスは崩せないし、それはまた本心でもある。

「あり得ない話だ」

全く取り合わないエリク王子の反応は、まさに善治郎が望んだものであった。

「そうですか。では、彼らの都合で私が足を止める可能性は、一切考慮しなくてもよいのですね？」

「そうだ」

「そのようなことがあった場合には、此度の一件が前提から覆る。それだけの覚悟はおありですね？」

「ああ、私はこの者達を信頼している」

重ねて念を押す善治郎に不吉なものを感じながらも、エリク王子は肯定の返事をするしかない。

「分かりました。私からは以上です」

「うむ。では、こちらの用事もこれで終わりだ。いつでもよいぞ、ゼンジロウ陛下」

　そう言って、エリク王子は改めて善治郎に向き合う。

「分かりました。では、『瞬間移動』を使います。慣れない方は若干、船酔いのような感覚を覚えることがありますが、危険はありません」

「分かった。やってくれ。ヴィクトル、後は任せたぞ」

「は、お任せ下さい」

　エリク王子と戦士ヴィクトルが最後にそのような会話を交わす。

「では、行きます。『我が脳裏に描く空間に、我が意図するものを送れ。その代償として我は……』」

　そうしてエリク王子は、善治郎の『瞬間移動』を受けて、南大陸はカープァ王国へと飛んだのだった。

　翌日。全ての用意を整えた善治郎は、王宮から馬車で小一時間ほど進んだ所にある、山の麓（ふもと）にいた。
　標高自体はあまり高くないが裾野が広い山だ。日本人の考える山ではない。日本人の感覚で言えば、せいぜいが小高い丘ぐらいの認識だろうか。ただ、鬱蒼と木々が生い茂り、その木々の影に守られていたせいか、今でも至る所に雪が残っている有様は、たとえ標高は低くても素人が足を踏み入れてよい空間ではないと、如実に語っている。

予想に反して低かった標高と、予想通りに厳しそうな道のり。それは善治郎にとって最悪に近い条件だった。

「ヴィクトル。この狩場の中に急斜面か、出来れば断崖絶壁はあるか？」

なければ善治郎の計画は根底から覆る。内心の不安を全力のポーカーフェイスで隠し、善治郎はそう問いかける。

善治郎の問いを受けて、護衛兼案内人の代表である中年の猟師——ヴィクトルは、怪訝そうに首を傾げながらも素直に答える。

「それは、まあ何箇所かはございますが。私が案内する以上、そういう場所に落ちることはないと保証しますよ」

中年の護衛戦士の言葉に、善治郎はほっと安堵の息を漏らしながら、首を横に振る。

「いや、逆だ。そこに案内してもらいたい。野生の獣でもそこから足を滑らせれば命はない。そういう絶壁に獲物を追い込みたい」

「ほう。分かりました。そういうことなら、ご案内しましょう」

善治郎の言葉に、ヴィクトルは少し感心したような声を上げる。実際、それは有効な方法に思えた。

『成人の証』の決まりとして、ヴィクトル達五人は善治郎に対し、助言以上の手伝いは出来ない。しかし、いざという時善治郎の身を守らなければならないという役割上、善治郎の側から離れられない。

この山は、多くの王都民が毎年『成人の証』を立てるために使っている狩猟場だ。当然、山の獣達は人間の脅威を十分に理解している。そのため、鹿やトナカイはもちろんのこと、狼や熊でも武装した人間の集団を見れば、まず逃げる。

善治郎一行は、善治郎以外、基本的に獣達の脅威とはならないのだが、野生の動物達が善治郎達の事情を知るはずもない。否応なく、ヴィクトル達は、獲物の追い立て役という役割を果たすことになる。

そう考えると、これは確かに有効な戦術だ。少なくとも、素人の善治郎ががむしゃらに獲物を追いかけ回すよりは遙かに成功の目があるだろう。

そんな善治郎のしたたかさに、ヴィクトルは感心を示し、同時にその後ろに控える残り四人の戦士兼猟師達は不快感を示した。

ルールを破らないように護衛を利用する。そのやり方を、せこい、実力ではない、と見なして軽蔑しているのだろう。ウップサーラの戦士の価値観で言えば、まったくもって正しい見解である。

「しかし、ゼンジロウ陛下。本当にそれでよいのですか？」

もう何度目になるか分からないヴィクトルの言葉は、善治郎の装備の貧弱さを懸念する言葉だ。

現在の善治郎の格好は、公式の場で身にまとっていたカープァ王国の第三正装でも、善治郎が日本から持ち込んだ洋服でもない。女戦士スカジに選んでもらった革のズボンと厚い布のシャツ。その上から短めの革のコートを羽織り、足元はふくらはぎの半ばまである頑丈な革のブーツである。いずれも雪や水に強く、森の中で多少木々や小石に擦れても肌に傷を負わない程度の防御力を持っている。

その服装は、流石にスカジが選んでくれただけあり、ヴィクトル達の服装とほとんど違いがない。つまり今の季節、山に立ち入って狩りをするのに問題のない服装だということだ。問題は、その背中に背負っている荷物である。

端的に、小さい。善治郎が背負っている荷物は、ヴィクトル達が背負っている荷物の半分もない。腰に下げている水袋も、ヴィクトル達のものが一リットルサイズだとすれば、善治郎のは二百五十ミリリットルサイズだ。

「ああ、私はこれでいい」

「ゼンジロウ陛下。私の知っている断崖絶壁となっている場所は、一番近い場所でも猟師の足で六日はかかるところにあります。失礼ですが、その水と食料の量では、そこまでの往復は無謀と言うしかありません」

断崖絶壁までの距離については初めて出た話だが、善治郎の持つ水と食料の少なさについては、これまで何度もされてきた忠告だ。だから、善治郎の答えも今までと同じものにしかならない。

「忠告、ありがたく聞いておく。だが、必要ない」

「ゼンジロウ陛下の身に危険があるとなれば、我々の水や食料をお分けします。ですが、その時点で『成人の証』は失敗となりますので、ご理解下さい」

「ああ、分かっている。そちらも気をつけてくれ。逆では、エリク殿下のお言葉が軽くなるからな」

「逆？」

意味が分からずに問い返すヴィクトルに、善治郎は努めて平然とした声で言う。

「お前達の身が危なくなって、私が水や食料を分けてやることになったら、お前達を『優れた猟師』として紹介して下さったエリク殿下の言葉が嘘になってしまうからな」

その言葉に、ヴィクトル以外の四人がギンと目に険を宿す。特に、一番若い一人からは歯ぎしりの音すら聞こえるほどだ。

「承知しました。そのようなことにならないよう、務めさせていただきます」

ヴィクトルは四人の激発を抑えるように、サッと手の平を後ろに向けて腕を横に広げると、平静な声でそう善治郎に言葉を返すのだった。

四時間後。護衛猟師達の怒りはすっかり雲散霧消していた。

「大丈夫ですか、ゼンジロウ陛下? 手を引きましょうか? あ、でもそうなると、『成人の証』は失敗になってしまいますが」

若い猟師は、すっかり上機嫌で善治郎を揶揄する。

「……無用だ」

一方、善治郎はそう短い声を発するのすら、一苦労だった。

雪残る森の中は、予想以上に危険だった。ヴィクトルは決して意地悪することなく、極力歩きやすいルートを選んでくれたのだが、それでも善治郎にとっては非常に難易度が高かったのだ。

地形は凸凹で真っ直ぐ足を下ろせる場所は皆無。積もった落ち葉の上に雪が被さった場所や、苔むした木の根は恐ろしく滑る。そんな森の中を転ばないように歩くだけで、善治郎にとってはすさまじい重労働なのである。

一歩一歩がいつ転んでもおかしくない。整地という言葉とは対極にあるようなこんな場所で転ぶのは、怪我に直結するし、軽度でも怪我を負えばその後の探索が厳しくなる。突き指程度の痛みでも集中力は削がれるし、足でもくじこうものなら移動力は著しく落ち

る。だから、怪我をしないように慎重に進む。

おかげで移動速度は亀の歩みだし、常に緊張状態が続いているため、肉体的にも精神的にも疲労感が強い。

気温は一桁、薄暗い森の中という条件下にありながら、善治郎は額から汗を流し、息も荒くなっている。善治郎も田舎育ちのため、子供の頃に山で虫を取ったり、川で魚を取ったりと、自然と戯れた経験はあるのだが、子供が一人で遊ぶことを許されている日本の里山と、猟師が狩猟場としているウップサーラの森は全く別物だ。

はっきり言って善治郎の移動速度は、ウップサーラの基準では女子供並みと言えるだろう。ここまででそんな善治郎の体力を把握したのだろう、護衛の代表であるヴィクトルは、そっと後ろから善治郎に声をかける。

「ゼンジロウ陛下。もうしばらく行った先に、少し開けた所があります。そこで休憩を取りませんか」

どう考えても、善治郎を気遣って予定になかった休みを入れてくれようとしている。

「……分かった」

それが分かったところで、今の善治郎には、意地を張るだけの余裕はなかった。

ヴィクトルの言う、もうしばらく行った所に着くのに、善治郎は一時間かかってしまった。あからさまに疲労しているのは善治郎だけだが、せっかく足を止めるのだからと他の者達も休息を取ることにする。

もちろん、これは善治郎の『成人の証』のためなので、善治郎は休むのにも誰の手も借りられない。一方、護衛役のヴィクトル達にはそんな制限はないため、五人で役割分担をして、てきぱきと用意を整えている。

二人が薪を集めてきて、その間に別の一人が、草地を起こして地面を露出させる。もう一人が拾い集めた太めの木の枝と木の蔓で簡単な三脚を組む。最後の一人が作業に加わらず、周囲に目を配っているのは、善治郎の護衛という仕事を継続しているのだろう。

あっという間に用意を整えた護衛の戦士達は、大きな金属製の鍋のようなものに各自の水袋から水を入れ、さらに背嚢から干し肉や乾燥野菜などを放り込むと、焚き火で即席のスープのようなものを作りはじめた。

塩のきいた干し肉がお湯で戻される良い香りが、善治郎の鼻腔をくすぐる。

そうして護衛の戦士達が、温かいスープで一服している間に、善治郎も昼食を取ることにした。

比較的平らな地面のあまり濡れていない所に、スカジに選んでもらった海竜の革で作られた敷物を敷き、その上にどっかりと座って背中の背嚢と腰の水袋を下ろす。

背嚢の中から取り出した白パンとソーセージ、そして酢漬けキャベツを素手で食べながら、水袋の革臭くて冷たい水を飲む。護衛の戦士達の食事に比べると随分とわびしいが、これも仕方がない。煮炊き用の鍋など、善治郎の背嚢には入っていないし、素人の善治郎では薪を集めて火をおこすだけで、休息時間がなくなってしまう。

『黄金の木の葉号』で使っていた、『不動火球』の魔道具を持ってくればよかった、と少し後悔する善治郎である。まあ、あの魔道具は、船に固定するための万力部分がかなり重いので、持ってきたら持ってきたで後悔しそうではあるのだが。

ともあれ、食事と水分補給を済ませて身体を休めれば、体力と気力はある程度取り戻せる。

「ヴィクトル。今のペースでいけば、私の希望する地点にはあとどれくらいで到着する?」

善治郎の問いに、こちらも簡単な食事を終えていたヴィクトルは、渋い顔をしながらまずは素直に聞かれたことに答える。

「今のペースを守れれば、恐らくは十日ほどで着くでしょう。ただし、野営が続けば疲労が蓄積しますから、今のペースを維持することは不可能です。そもそも、往復二十日分以上の水と糧食など、ゼンジロウ陛下はお持ちではないでしょう?」

そう言ってヴィクトルは冷静な目を、善治郎の小さな背嚢に向けた。まったくもって図星であったが、その事実を無視して、善治郎は同じ言葉をヴィクトルに返す。

「それは、そちらも同じなのではないか？　流石に二十日分の水と食料を確保していると
は思えない。そちらの都合で帰還するのは、エリク殿下の言葉を虚言とする行為なのだ
が」

挑発的ではあるが、現状を鑑みれば空しい強がりとしか思えない善治郎の言葉に、ヴィ
クトルは溜息をつくと首を横に振る。

「……いいえ、違います。あくまで忠告です。陛下は勘違いをしているようですが、我々
だけならば、どうにかなるのですよ。陛下のご指摘通り、我々の水と糧食も二十日分はあ
りません。しかし、今時分は見ての通りちょっと探せば雪がある。薪も見つかる。火をお
こして雪を解かす手間をかければ、水の確保は可能です。

春は獲物は少ないが、いないわけじゃないし、春の山菜もある。いざとなったら虫を食
ってもいい。俺達だけなら、何日でもいけるんですよ」

「ほう」

本職猟師達の想像以上のサバイバル能力に、善治郎は思わず演技を忘れて、感心した表
情を浮かべてしまった。すぐに表情を取り繕うと、

「念のため確認させてもらう。他の者達もヴィクトルと同じ意見か？　私がそちらの都合
を考慮する必要は、一切ないと言うのだな？」

そう言って視線を残り四人の護衛に向ける。四人からはすぐに肯定が返ってきた。

「ええ。懸念があるとすれば、移動があまりに遅すぎると逆に疲れるということぐらいですかね」

中でも一番若い男は、ここぞとばかりにそう言って善治郎を挑発する。

その声色に善治郎を侮り嘲る意思は感じられても、当初のような殺気を帯びた怒りがこもっていないのは、完全に善治郎を格下と見下しているからだろう。

善治郎としては非常に好都合である。殺気を向けられるよりは、見下される方が良い。当たり前の話だ。

ともあれ、一番欲しかった言質が、五人全員から取れた。食事を終え、疲労も回復した善治郎はすっと立ち上がる。

「では、荷物をまとめ次第、出発する。ヴィクトル、進む方向の助言を頼む」

「はっ、承知しました」

ヴィクトル達護衛の猟師達は、とっくに荷物をまとめ終わり、善治郎のその言葉を待っていた。

昼食後の再出発からまた三時間ほど森を進み、西に傾いた日差しが若干赤色を強めはじめた頃。

「……き、今日はここまで、にする」

荒い呼吸をしながら、善治郎はそう、一日目の終了を宣言した。

ちなみに昼食後に進んだ距離はヴィクトルが懸念した通り、午前中に歩いた距離よりまだ短い。そもそも日差しの傾き具合でいえば、もう一時間近くは進めるくらいの余裕があるのだ。ここで足を止めたのは、善治郎の体力の問題である。

「お前達に問題がなければ、明日は朝食後に、『この地点から』移動を開始する」

どうにか呼吸を整えた善治郎は、周囲を見渡しながらそう言う。

「それはかまいませんが、大丈夫ですか、ゼンジロウ陛下？」

心配げに声をかけるヴィクトルも、どこか呆れ顔だ。「お前達に問題がなければ」など
と、この期に及んでもまだ強がりを言っていると思っているのだろう。

後ろで見ている若い猟師などは、すっかり善治郎を『口だけ達者な手に負えないお荷物』と見切りをつけている。

「随分とお早い終了ですね。ですが、賢明な判断だと思います。素人の野営の準備は時間がかかりますし、暗くなっては作業が出来ませんからね」

おためごかしな若い猟師の言葉に、善治郎は苦笑を返す。

「心配してくれて礼を言う。だが、私よりも自分達の心配をするべきだな」

そう言って善治郎は、また周囲を見渡す。

ムッとする若い猟師を尻目に、周囲を見続けていた善治郎は、どうにか目当てとなるも

のを見つけると、背中の背嚢を下ろし、準備を始めた。

「ゼンジロウ陛下?」

野営の準備もせず、奇妙なことをやっている善治郎に、ヴィクトルが怪訝そうに声をかけるが、善治郎はそれにも取り合わず、背嚢から取り出した『デジタルカメラ』で、周囲の特徴的な景色を撮影する。

変わった枝ぶりの木。大きく特徴的な岩。そして、木々の間からのぞく、遠くに見える山の景色など。数枚の静止画を撮り終えた善治郎は、続いてデジタルカメラを操作すると、背面ディスプレイに目当ての画像を表示させた。

その画像は、広輝宮の一室。善治郎にあてがわれたゲストルームである。善治郎は背嚢を背負い直すと、しばらくその場で深呼吸をして息を整えた。

やがて、呼吸の整った善治郎は、

「私は明日の朝食を終えた後、この場所から出発する。それまでは自由にしていてよいが、出発の時間には遅れずにこの場に揃っていてくれ。ではな」

五人の護衛の戦士にそう告げると、デジタルカメラの画像で想像を補いながら、善治郎は『瞬間移動』の呪文を唱える。

「『我が脳裏に描く空間に、我が意図するものを送れ。その代償として……』」

次の瞬間、護衛の戦士達の目の前から善治郎は忽然とその姿を消した。

「……は？」

「何が？」

「ええと？」

「どういうことだ？」

「……消えた？」

技術先進国だが魔法後進国で、王族も血統魔法を持たないウップサーラ王国の戦士達は、目の前で起きたことでも、その現象を正しく理解できない。いや、より正確に言えば、その現象が今後の自分達にどんな影響を及ぼすのか、理解できないと言うべきか。

善治郎を馬鹿にしていた若い猟師はもちろんのこと、グスタフ王から事の次第をある程度聞かされていた責任者のヴィクトルも、この時点ではまだ、自分達の身に降りかかる災難について、全く理解できていないのだった。


一方『瞬間移動』の発動に成功した善治郎は、ウップサーラ王国の王宮、広輝宮の一室にいた。善治郎にあてがわれた、ゲストルームである。

「お帰りなさいませ、ゼンジロウ様」

と、善治郎を迎えてくれたのは、侍女イネスだ。

春の森とは比べものにならない暖かな空気と、聞き慣れた侍女イネスの声に、善治郎は無事戻ってきたのだと実感する。

「ただいま、イネス。早速で悪いんだけど、蒸気風呂(サウナ)を使わせてもらいたい、と頼んでもらえるかな」

森歩きで身体は火照(ほて)っているのに、芯は冷えている。肌の熱さを自覚しながら、同時に身体を小刻みに震わせる善治郎に、侍女イネスは答える。

「はい、すでに話は通してありますので、すぐにでも使用は可能です。真っ直ぐ向かわれますか?」

「うん、頼むよ」

手回しの良さに善治郎は苦笑を隠せない。元々の予定では、最低でも夕方の四時までは歩いてくることになっていたのに、今はまだ三時半前。予定を大幅に繰り上げての帰還に合うよう蒸気風呂の用意をしてあったということは、イネスは善治郎が予定より早く切り上げる可能性を考慮していたということになる。

侍女イネスに先導されるように蒸気風呂へ向かいながら、善治郎は世間話をするように話しかける。

「俺がいない間に、何かあった?」

「特別なことはございません。ただ、グスタフ陛下、ユングヴィ殿下、フレア殿下、それからヴェルンド様というお方から、面会の申し込みがございました」

「ヴェルンド？」

最後の名前に聞き覚えのない善治郎は首を傾げる。ともあれ、当然と言えば当然だが、彼らは全員、善治郎の『成人の証』が一段落した後に面会するつもりのようだ。

だが、善治郎としてはそれまでの時間を無駄にするつもりはない。

「分かった。出来れば最初にフレア殿下にお会いして、面会希望者についてその人となりを教えてもらおう。グスタフ陛下とユングヴィ殿下については、一通り聞いているけど、そのヴェルンドという人は知らないし。グスタフ陛下とユングヴィ殿下についても、念のためもう一度聞いておきたい。

今日は初日で流石に疲れてるし、明日明後日も念のためやめておくけど、三日後の夜から一人ずつなら面会の予定を入れられると思う」

「承知いたしました。そのように手配しておきます」

その言葉通り善治郎は、今日のところは早いうちに蒸気風呂と夕食を済ませると、柔らかく暖かなベッドで早めの眠りにつくのだった。


そして、翌朝。ベッドで目を覚ました善治郎は、侍女イネスが手配してくれた朝食を取り、昨日と同様の身支度を整えると、デジタルカメラの背面ディスプレイに昨日撮影した場所を映し出し、その映像で想像を補いながら、『瞬間移動』の魔法を使う。

一瞬にして、善治郎は広輝宮のゲストルームから、残雪が目立つ森の中へとその身を移した。

どうやら、善治郎の言葉を忠実に守ったのだろう。

『瞬間移動』を果たした善治郎の前には、五人の護衛役の戦士兼猟師達が揃っている。

「全員揃っているな。それでは、進もうか。ヴィクトル、先導を頼む」

一晩経ってもまだ状況を完全に把握できていないのか、戸惑いを隠せない五人の護衛達に、善治郎は意識的に出来るだけ朗らかに聞こえるよう、そう言うのだった。

三日後の朝。ここまでくると、ヴィクトルをはじめ護衛の戦士達も自分達の置かれている状況を理解していた。

この三日間、善治郎は同じ行動を取っていた。つまり、広輝宮でゆったりと朝食を済ませた後、『瞬間移動』で前日最後に到達した地点にやってきて移動を開始。昼食だけは背嚢に入れてきた弁当で取った後、移動を再開。日が陰ってきたところで、護衛の戦士達を残して、『瞬間移動』で一人帰還。広輝宮で蒸気風呂と温かな夕食で英気を養い、快適なベッドでぐっすり眠る。そしてまた翌朝『瞬間移動』でやってくるのだ。

残された護衛の戦士達はたまったものではない。毎日日帰りで散歩をしている善治郎を、彼らは泊まり込みで守らなければならないのだ。

しかも善治郎は、初日にヴィクトルから受けた「そんなペースでは歩ききれない」という忠告を守って、二日目からはより一層移動速度を落としたのだ。このペースでは、目的である断崖絶壁がある所までは、片道十日どころかもっとかかりそうだ。

今はまだ問題ない。水も食料も十分にあるし、三日程度ならば気力体力も十分だ。だが、最低でも十数日この状態が続くとなれば、なまじ経験豊富な彼らだからこそ、今からその暗い未来が鮮明に見えてしまう。

しかも、『最低でも』十数日だ。山歩きにも、狩猟においてもど素人の善治郎が、わずか十数日で目的を果たすというのは、相当運の良い部類である。

三日目ということもあり、多少は慣れてきた足取りで、雪と枯草と新緑でまだらになった地面を歩み進む善治郎に、ヴィクトルは恐る恐る尋ねる。

「ゼンジロウ陛下。つかぬことをお聞きしますが、この調子で目的の場所まで着いた後、獲物が見つからなかった時はどうするつもりですか?」

「見つかるまで何日でも粘るさ。幸い時間に制限はないのだ。百日でも二百日でも成功するまで頑張ればよい」

善治郎の答えは、予想通りそんな最悪なものだった。

「ひゃ？　二百⁉」

と、後ろで若い猟師は悲鳴じみた声を上げている。

だが、善治郎が言っていることは脅しでも冗談でもない。純然たる事実である。『瞬間移動』で日帰りが可能である以上、善治郎にとって百日でも二百日でも大きな問題はないのだ。特に、目的地である断崖絶壁の近くまでたどり着けば、後は今のように一日中移動する必要もなくなる。善治郎としてはさほど大変な話でもない。

ちょっと疲れたな、と思えば広輝宮で余分に一泊して、翌々日から『成人の証』獲得を再開してもよいのだ。ついでに言えば、狩りにおいてはど素人の善治郎が、一人で見事獲物を仕留めるまでにかかる日数として、百日というのは十分にありうる話である。場合によっては一年かかっても全くおかしくはない。

大変なのは、その間ずっと森で野宿を続けなければならない護衛の五人だけである。

持参した水や食料が尽きても、その気になれば森の中で水や食料を調達して野営を続けられる、というのは嘘偽りない事実だが、流石に百日も二百日もというのは想定にない。そういう場合は、事前にもっと道具を持ち込み、場合によっては森の木々で即席の小屋や家具を作り腰を据えてかかるものだ。

今の装備で、百日以上森に居続けるというのは、熟練の猟師でもかなりの危険が伴う。

「ゼンジロウ陛下。流石にそれは一度全員で下山して、態勢を立て直すべきではないですか？」

　引きつる顔でそう助言する若い猟師に、善治郎はここぞとばかりに、わざとらしく驚きの表情を浮かべる。

「私は全く困らない。そちらの都合で引き返すようなはめにはならない。お前達にもエリク殿下にも何度も念を押したはずだ。ひょっとして、臆したのか？　そうならば、エリク殿下のお言葉は、一から百まで嘘だったということになるのだが？」

「……いいえ」

　若い猟師は隣にいる人間に聞こえるほどの歯ぎしりをしながら、辛うじて否定の言葉を返した。これはまずいと見たのだろう、責任者のヴィクトルがすかさず横から口を挟む。

「ゼンジロウ陛下。『成人の証』の性質上、助言以上のことは出来ませんが、我々も出来る限りのことはいたします」

　ヴィクトルの言葉に、残りの護衛達も同意を示す。それは表面上のおためごかしではない、本心からの言葉である。なにせ、善治郎が『成人の証』を立てない限り、彼らはこの森の中から出られないし、忠誠を誓った主君であるエリク王子は、南大陸から帰れないのである。

「ああ、よろしく頼む」

　善治郎に対する好悪は別として、表面上の利害が完全に一致したのであった。

幕間一　エリク王子のカープァ王国訪問

善治郎が北大陸で『成人の証』を立てようと奮闘している頃。

ウップサーラ王国第一王子エリク・エストリゼン・ウップサーラは、南大陸カープァ王国の王宮内にある訓練場で、汗を流していた。

「ふうう！」

動きやすい革服姿で、先を丸めた木槍を両手で構えるエリク王子の対面に立つのは、プジョル元帥だ。

大柄なエリク王子と比べてもなお一回りは大きいプジョル元帥は、エリク王子が持つのと同じ木槍を持ち、悠然と構えている。

言葉はなくとも、その野太い笑みが何よりも雄弁に語っている。「どこからでも好きに打ち込んでこい」と。それを理解したエリク王子は、気合いを込めて一撃放つ。

「はあ！」

その一撃は突きだった。最速、最短で放たれる一撃は、先を丸めて布を巻いた木槍でも、十分殺傷能力があるだろう。だが、その一撃はプジョル元帥が持つ木槍に触れると、まるで魔法のように力を曲げられ、下方向へと抑え込まれる。

「なんの！」

エリク王子は抑え込まれかけた槍を、左に半円を描くようにして抑えから抜け出す。さらに、そのまま大きく振り回して、プジョル元帥の右脇腹に薙ぎ払いの一撃を入れようとする。

しかし、その一撃もプジョル元帥の虚を突くには至らない。プジョル元帥が槍を持つ手の手首を返すと、それだけでエリク王子の槍は天高く跳ね飛ばされた。

「は！　はあ！　はああ！」

エリク王子は、完全に遠慮を投げ捨てて、殺すつもりの攻撃を加え続ける。

その後、二人の手合わせは、長い時間に及んだ。その間に、エリク王子の表情は変化していく。

最初は苛立ち。続いて怒り。そして最後は歓喜。

最初の苛立ちは簡単だ。自らの力に自負のあったエリク王子は、自分の攻撃がことごとく通用しない状態に、苛立ちを募らせたのである。やがて、その苛立ちが怒りに変わったのは、プジョル元帥が自分より格上であることを察し、それでありながら攻防が続いている現状を「遊ばれている」と取ったからだ。

そして、その怒りが歓喜に昇華されたのは、プジョル元帥の実力が、さらに上であることに気づいたからだ。

プジョル元帥は、遊んでいるのではない。指導しているのだ。その証拠に、エリク王子がまずいタイミングで攻撃を繰り出そうとすると、起こりを抑えてそもそも攻撃させてくれないし、良い攻撃はちゃんと攻撃させた上で、防御される。さらに、攻撃に力が入りすぎて体勢が流れた時には、怪我にならない程度の強さで殴打を入れてくる。

これは、果たし合いではない。指導である。

エリク王子は王族であると同時に、ウップサーラ王国では指折りの戦士でもある。槍を持ってエリク王子に勝る戦士はウップサーラ王国にも何人かはいるが、このように全力を尽くすエリク王子に『指導』が出来る戦士は、今はいない。

優れた戦士には、半ば無条件で敬意を示すエリク王子の素直さは、長所でもあり短所でもある。

「はっ！　せいっ！　ふん！」

全身全霊の攻撃を繰り出しても全て受け止められて、『指導』されてしまう感覚。久しく忘れていたその感覚に、すっかり高揚したエリク王子は、頭を真っ白にして槍を振るうことに集中するのだった。

「ここまでにしておきましょう」

「はあ、はあ、はあ……ああ、分かった……はあ……」

汗で洗われた顔をしながらも、呼吸は全く乱していないプジョル元帥の言葉に、肩で荒い息をつくエリク王子は、辛うじてそう言葉を返した。

エリク王子は誰が見ても分かるくらいに疲労困憊、どうにか二本足で立っていることが最後の矜持と思えるほどの状態だ。だが、そうして荒い息をついていたのもさほど長い時間ではなかった。

恐らくは、短時間で呼吸を整える鍛錬も積んでいるのだろう。

短い時間で呼吸を整えたエリク王子は、満面の笑みでプジョル元帥に話しかける。

「いや、見事！　見事な技であった。貴君が我が国に生まれていたら、トールの銘を授けられたことは間違いないであろう」

「お褒めに預かり恐悦至極に存じます。そのお言葉から察しますに、合格ということでよろしいですかな？」

プジョル元帥がそう問い返したのは、元々この手合わせが、エリク王子の申し出から始まったことだからだ。「その国を知るには、その国の武人と手合わせをするに限る。ゼンジロウ陛下とはそれが出来なかった」という言葉を受けて、女王アウラが『国を代表する武人』として、プジョル元帥との手合わせを許可したのである。

「エリク殿下も実に見事に鍛えておられます。我が国の騎士でも、殿下に伍する者はそうざらにはおりますまい」

「プジョル元帥ほどの武人にそう言ってもらえると、実に喜ばしい。騎士か。南大陸には、馬はいないと聞いたのだが、騎士はいるのだな?」

首を傾げるエリク王子に、プジョル元帥は答える。

「馬というのは、北大陸の乗用動物でしたね。絵画や文献などで見聞きしたことはございます。南大陸での乗用動物は、走竜。草食の竜種です」

「ソウリュウ、竜種に乗るのか」

エリク王子が目を輝かせるのも無理はない。北大陸において竜種――特に陸竜は、半ば伝説の存在だ。ウップサーラ王国のある北大陸北部でもまれに、猟師などが山奥で陸竜を見たという噂が立つことがあるが、実際に発見された例はない。現代日本でニホンオオカミやニホンカワウソが発見されたという噂と同程度の信憑(しんぴょう)性と言えば分かるだろうか。

北大陸全体に広げて見ても、陸竜の生息が確認されているのは、ズウォタ・ヴォルノシチ貴族制共和国北東部の原生林だけなのだ。

『教会』の信徒であれば竜種に対して畏敬の念を刷り込まれているが、ウップサーラ王国の人間は精霊教徒だ。竜種に抱く思いは、純粋な憧れや、伝説に伝わる恐るべき狩猟対象という意識が強い。

「よろしければ、乗ってみますか?」

「乗る」

プジョル元帥の誘いに、エリク王子はプジョル元帥が思わず苦笑を浮かべるくらい、間髪入れずにそう答えた。

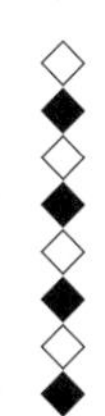

その日の夜。カープァ王国王宮の一室に、プジョル元帥は呼び出されていた。

プジョル元帥が入室すると、そこにはすでに他の面々が集まっていた。女王アウラ、宮廷筆頭魔法使いエスピリディオン、そしてファビオ秘書官の三人である。

「よく来たな、まず座れ」

「はっ、失礼します」

女王アウラの許しを得て、プジョル元帥は対面のソファーに腰を下ろした。

時刻は夜。王宮の一室ということでそれなりの数の油皿に火が灯(とも)されているが、それでもやはり薄暗い。反射的に、部屋の隅の暗がりに視線を向けて、隠れている者がいないかを確認してしまうのは、戦乱期を生き抜いた武人の性(さが)というものだ。

「あまり時間がない故、本題に入る。エリク殿下はどのような様子だった?」

女王アウラの問いに、プジョル元帥は野太い笑みをもって答える。

「非常に楽しんでおいででしたよ。軽く手合わせをしましたが、私はかなり気に入っていただけたようですな」

プジョル元帥の言葉に、女王アウラは「そうか」と短く応えた。

エリク王子が『瞬間移動』でカープァ王国へ来てから数日。もっと正確に言えば、『ウップサーラ王国のエリク王子がやってくる』という書状を持った背の高い侍女が『瞬間移動』で帰国した時から、カープァ王国上層部は、上を下への大騒ぎだった。

どうしてそうなった？　問い詰めたいところだが、問い詰めるべき人物は遠く北大陸にいる。こちらからコンタクトを取る手段はない以上、言われた通りに対応するしかない。

フレア姫の側室入りはもちろん、大陸間貿易締結のためにも、あだやおろそかに出来ない賓客だ。

大慌てで歓待の準備を整え、どうにか他国の王族を受け入れるのに恥ずかしくない体裁を取り繕ったのだが、その苦労は女王アウラをして、夫善治郎に対し初めて「恨めしい」という感情を抱かせたほどであった。

ともあれ、非常に変則的な非公式の訪問ではあったが、エリク王子の訪問は今のところ、大きな問題もなく進んでいた。

フレア姫の善治郎への側室入りには明確に反対の意を示しているエリク王子だが、流石に相手国の王宮で、その反対意見を大っぴらに振りかざすほど非常識ではない。

これまでは表向き、「突然の訪問を受け入れてもらい感謝するエリク王子」と「来訪を心から歓迎する女王アウラ」という形で、無難に流れていた。

プジョル元帥の言葉に、女王アウラは顎に手を当てて呟く。

「そうか。どうやらエリク殿下は、第一印象通りの御仁のようだな」

女王アウラが抱いた、エリク王子の第一印象。それは言うまでもなく、武骨な武人、である。だからあえて外交慣れしている人間ではなく、プジョル元帥に接待役を任せたのだが、どうやらその判断は正解だったようだ。

「ええ。簡単な手合わせの後、走竜の騎乗も体験していただいたのですが、子供のように喜んでいましたよ。この生き物は輸出できないのか？　としきりに聞いてきたくらいで」

変温動物である走竜は、北大陸で飼育するのは難しいという話を、竜舎の飼育員から聞いてもなお、未練がましそうにしていたという。まあ、重馬と比べても倍以上の体躯を誇る走竜に、エリク王子のような武人が惚れ込むのも無理はない。

「なるほどな」

プジョル元帥の言葉に、女王アウラは内心で考える。

『瞬間移動』で帰国した背の高い侍女は、善治郎からの手紙（書いたのはイネスだが）を持参していた。その内容からすると、エリク王子と善治郎は、かなり険悪な関係になったらしい。

そのエリク王子がプジョル元帥とは意気投合したというのは、良い結果ではあるが少々警戒する必要もあるだろう。

「分かった。私も明日、エリク殿下と私的な会談の場を設けよう」

善治郎からの書状とこれまでの態度で、エリク王子がこちらにあまり好意的ではないことを感じ取っていた女王アウラは、これまでは公式な歓待は行っても、私的な会談の場は設けていなかった。そのため、大陸間貿易についても、フレア姫の側室入り問題に関しても一切触れないままだったのだ。

ここから先はそうはいかない。大陸間貿易の話を進めないのだとしたら、何のために危険を冒して善治郎を『黄金の木の葉号』に搭乗させたのか分からない。

「フレア殿下の言葉を信じれば、ウップサーラ王国は製鉄と造船に関しては、北大陸でも指折りの先進国だという。プジョル、これを見て素直な感想を聞かせてくれ」

そう言うと、女王アウラは一振りの剣を、対面に座るプジョル元帥に無警戒に差し出す。至近距離に座る相手に武器を持たせるなど、不用心と言えば不用心だが、今更の話だ。プジョル元帥がその気になれば、女王アウラなど素手でも殺せる。

「はっ、拝見します」

プジョル元帥は、素直に剣を受け取ると、鞘(さや)の留め金を外し、すらりと抜き放った。

それは、エリク王子が『友好の証』として女王アウラに進呈した、宝剣である。深い青色の鞘にはきらびやかな宝石がちりばめられており、十字形の鍔は金。柄頭にはひときわ大きな宝石が飾られている。『宝剣』という言葉に偽りのない、豪華絢爛な作りである。

だが、『宝』というイメージを体現しているのはそこまでだ。

握りには、見た目など知ったことかと言わんばかりに、滑り止め用の鮫皮が巻かれているし、抜き放たれた刀身は、飾りの剣と呼ぶにはあまりに分厚い。長く真っ直ぐな刀身は両刃で、指で触るのもためらわれるほどに鋭い。

だが、その刃の鋭さに反して刀身が肉厚すぎるので、切り裂く力はさほどではないだろう。その分肉厚な刀身は折れにくく、重さの分威力が高く、多少刃こぼれをしても殺傷力を失わない。

改めて見てみると、鞘も剣に比べて随分と大きい。左右から留め金を鍔に引っかけて固定しているが、その留め金を外せば自然と鞘が落ちるくらいにぶかぶかだ。これも、この剣が実用剣として作られていることを物語っている。

実戦に使用した剣というのは、刃が潰れたり大きく曲がったりするため、タイトな鞘の場合、研ぎ直すまで鞘に戻せないのだ。それでは携帯性が悪い。そのため、実戦で使う剣というのは、打ち合って潰れた刃が膨らんだり、多少曲がったりしても収められるように、大きめの鞘を用意する。

この剣と鞘は、そうした作りになっている。

エリク王子自身が腰に下げている剣も、もう少し装飾は抑え気味だが、これと似た作りをしている。このような実用性を損なわない宝剣が、ウップサーラ王国では一般的なようだ。

「どうだ、率直な感想を聞かせてくれ」

重ねて問う女王アウラに、油皿の明かりに刀身を照らして見ていたプジョル元帥は、惚けたような声で言う。

「この剣、頂戴したい」

「率直な感想を言えと言ったが、そういう意味ではないわ」

プジョル元帥の答えに、女王アウラは苦笑を返した。友好の証として、他国から贈られた宝剣を、自国の元帥とはいえ人にやるのは論外だ。だが、その本気の言葉から、プジョル元帥の剣に対する評価は、伝わった。

「それほどか」

「正直、惚れました。この剣ならば、叔父から譲り受けた槍と交換してもいいくらいです」

プジョル元帥に、宝飾品の審美眼はない。今の評価は純粋に武器としての評価である。

「うむ。宝剣として差し出す以上、向こうでも選りすぐりの逸品なのだろうが、それを踏まえても、貴様がそこまで言うほどか」

フレア姫の言っていた、ウップサーラ王国は製鉄に関して北大陸でも指折りの先進国、というのは大げさでもなかったのかも知れない。

「大陸間貿易は何としてでも、成立させなければならないな」

「期待しています」

プジョル元帥が野太い笑みで追従するが、女王は小さく頷いてあしらう。有力貴族家の当主であるプジョル元帥に、この時点ではっきりとした言質を与えるわけにはいかない。もちろん、女王アウラにとって最善は、カープァ王家とウップサーラ王家の大陸間貿易なのだ。もちろん、最善にこだわりすぎて大陸間貿易をふいにするわけにはいかないので、次善として他の貴族達も絡む、カープァ王国とウップサーラ王国の貿易も視野に入れてはいるが、今から妥協する必要はない。

「ご苦労だった。下がってよい」

「はっ」

女王アウラの言葉を受けて、プジョル元帥はソファーから立ち上がる。

「失礼します」

退出する時、最後にもう一度名残惜しそうに、テーブル上の宝剣に視線を向けたのが印象的だった。

翌日。王宮の一室で、ウップサーラ王国第一王子エリク・エストリゼン・ウップサーラと、カープァ王国国王アウラ・カープァは、会談の場を設けていた。

最初は簡単な挨拶、続いてエリク王子から昨日まで受けた接待の礼、女王アウラからは進呈された宝剣をプジョル元帥が褒めちぎっていたことを伝えた後、本題に入る。

「今さら聞くのもおかしな話だが、エリク殿下がこうして我が国に来ているということは、婿殿とはそれなりの面識があるのだな」

女王アウラの言葉は、確認ですらなく、これから始める会話の枕詞のようなものだった。元々腹芸は得意ではないエリク王子は、不快感を隠さずに首肯する。

「ええ。非常に知恵の回る方でしたな。私には真似できません。したくもありませんが」

それでも、明確な悪口を言わない辺り、エリク王子にしては精一杯自制を働かせているのだろう。これは下手に取り繕うと信頼しないたぐいの人種だ。そう察した女王アウラは、こちらも苦笑を隠さず応える。

「私にとっては最愛の男だ」

「これは失礼」

流石に礼を逸した発言であったことに気づいたエリク王子は素直に謝罪する。だが、謝罪はしても訂正はしない。

「まあよい。誰にだって相性というものはある。幸い、婿殿とフレア殿下の相性は悪くないからな」

本題に入ったところでエリク王子の目元が鋭く光る。

「妹の幸せを願う兄としては、無条件では賛同しかねる話です」

「エリク殿下の個人的な感想として覚えておこう。グスタフ陛下は何と仰っているのかな？」

かなり明確に拒否感を示したエリク王子を、女王アウラは簡単にあしらう。第一王子でも王ではない以上、フレア姫の婚姻に関する決定権はない。そういう扱いにエリク王子はムッとしながらも、わざと少しずれた答えを返す。

「我が王は、貴国との大陸間貿易に多大な期待を寄せています」

「なるほど、それは光栄だ」

余裕のある笑みをもって応えながら、女王アウラは頭の中で思考を巡らせる。

こちらがフレア姫の婚姻話を持ち出したのに対し、向こうは大陸間貿易の話を持ち出した。二つの話がセットであることは事実だが、「フレア姫の婚姻にグスタフ王は何と言ってるのか?」という問いに「グスタフ王は大陸間貿易を熱望している」と答えた。

エリク王子がよほど空気の読めない馬鹿でない限り、それは「グスタフ王は、大陸間貿易成立のためならば、フレア姫の婚姻を認める心づもりがある」という意味のはずだ。

ならば、エリク王子の説得は不要かというと、そうでもない。エリク王子は第一王子。常識的に考えれば、ウップサーラ王国の次の国王だ。次代の国王の反対を押し切って成立させた婚姻外交など、次世代に時限爆弾を仕掛けるようなものである。

「大陸間貿易に関して、エリク殿下はどうお考えなのかな?」

ひとまず、相手にとっても利益となる方向から、女王アウラは説得を試みる。

「成功すれば両国に多大な富をもたらす、と考えています。もっとも私は富の増やし方にも、使い方にも長けていない。詳しいことについては、専門の人間が掘り下げる話かと」

言葉以上にその口調が、エリク王子の大陸間貿易に対する興味の薄さを物語っている。反対か賛成かで言えば賛成だが、強くそれを望んでいるわけではない。そういう態度だ。

この数日見てきたエリク王子の性格からして、この反応は演技ではないと、女王アウラは判断する。となると、大陸間貿易に絡めてフレア姫の婚姻問題を認めさせるのは難しそうだ。

「なるほど。では、フレア殿下の婚姻についても同様にお考えかな? 専門の人間が考えるべき話だと?」

色々考えた末、女王アウラはひとまずそう切り出した。

「いや。フレアは色々問題のある奴ですが、大切な妹であることは事実。私も責任をもって当たりたい」

「妹思いなのだな。感心なことだ」

女王アウラのその言葉は、必ずしも全てが皮肉ではない。エリク王子の表情と声色からは、フレア姫に向ける、不器用だが分かりやすい愛情が確かに感じられる。

「妹の幸せを考えるのは、兄として当然のことです」

胸を張るエリク王子は、全く皮肉だとは思っていないようだ。

「しかし、ならばこそエリク殿下には、我が夫とフレア殿下の婚姻を認めていただきたいものだ。それこそがフレア殿下の幸せにつながる。それが可能な国力が、我が国にはあると自負している」

女王アウラの言葉に、エリク王子は真面目な表情で一つ頷く。

「確かに、私もこの国に来て認識は改めました。まだ全容を把握したとは言い難いが、カープァ王国が大国であることは疑いない」

武骨な戦士に比重を大きく傾けているエリク王子であるが、高度な教育を受けてきた王族であることもまた事実だ。

この数日で受けた歓待と、王宮そのもの。そして、昨日手合わせしたプジョル元帥に連れられて行った演習場の兵士とその乗用動物である走竜の群れを見れば、カープァ王国が大国に区分される国であることは、理解できた。

北大陸は南大陸を下に見る風習があるが、南大陸と同じ精霊信仰国であるウップサーラ王国は比較的その傾向の薄い国でもある。

そのため、こうしてカープァ王国の国力を目の当たりにすれば、対等に扱うくらいの度量はある。まあ、相手国を『対等に扱う』権利が自分側にあるという意識が、すでに無意識に自国を上に置いている証拠でもあるのだが。

ともあれ、カープァ王国の実態を知った今のエリク王子にとって、カープァ王国自体はフレア姫の嫁ぎ先として不満はない。

問題は、善治郎個人の資質と、王配という善治郎の立場だ。

片手でひねり殺せそうな善治郎個人への低評価は、前回してやられたことで、ある程度見直しているエリク王子だが、王配という立場だけはどうしようもない。

ウップサーラ王国の第一王女が、カープァ王国王配の側室となる。ここだけを見れば対等どころか、ウップサーラ王国がカープァ王国の下であるようにしか見えない。

その懸念は理解できる女王アウラは、理解を示すように何度も頷くと、

「その辺りは心得ている。現時点で口約束は出来ぬが、決して粗略な扱いにならないよう、我が夫だけでなく、私も精一杯尽力しよう。王族として遇するだけでなく、固有の公

爵位を与えることも考えている」

「陛下のご配慮を疑うわけではございません。しかし兄としては、妹にはやはり女として、より相応しい幸せをつかんでもらいたいと考える次第です」

「その気持ちはよく分かるが、少々具体性に欠ける話だな。具体的にそなたはフレア殿下にどのような婚姻を望んでいるのだ？」

首を傾げる女王アウラに、エリク王子は堂々と答える。

「ウップサーラ王国第一王女が嫁ぐに相応しい国、相応しい男に乞われ、両国の祝福の下成立する婚姻です」

その答えでもまだ具体性に欠けていたが、その言葉の中から女王アウラは説得のとっかかりを見つける。

「男に乞われて嫁ぐ。なるほど、身分の上下なく大半の世の女にとってそれは望ましいことであろう。だが、フレア殿下はその大半から外れる人物ではないか？」

それは、奇しくもウップサーラ王国で善治郎が指摘したのと同じ内容であった。

機嫌を損ねたのか、眉をひそめたエリク王子は、反論するように問い返す。

「フレアが普通ではない。アウラ陛下がそこまで仰る根拠は何なのでしょうか？」

その問いは、女王アウラからしてみれば、少々意外な問いであった。

「根拠も何も、純然たる事実であろう。この間プジョル元帥の結婚式があってな。王都を動けぬ私の名代として、我が夫ゼンジロウに出席してもらったのだが、そのパートナー役をフレア殿下が買って出たのだ。

女の方から、結婚式のパートナーとして自分を連れて行ってくれ、と公衆の面前で申し込む女が、男に乞われることに幸せを感じる女ではないことは、明らかではないか」


「…………は？」

エリク王子の表情は完全に固まった。発した疑問の声も意図して発したのでなく、顔の力が抜けて口が半開きになったせいで息が漏れてしまったかのような頼りなさだ。

だが、それくらい今聞かされた情報は、エリク王子にとって衝撃的だったのだ。

公衆の面前で女の方から、自分を結婚式のパートナーにしてくれと頼み込む。それは、エリク王子の価値観で言えばあり得ないくらいに破廉恥な行為である。

しかも、頼み込んだ相手は王配善治郎であり、今エリク王子にその話を伝えたのは女王アウラである。腹芸の出来ないエリク王子は、恐る恐るだが、直接聞く。

「その、公衆の面前と仰いましたが、アウラ陛下はその場に？」

「もちろんいたとも。その場はフレア殿下を歓迎するための夜会だったからな。私が出席しないのは失礼というものだろう」

微笑む女王アウラに、エリク王子は頭を抱えてうずくまりたい衝動に駆られた。

（フレアああ！）

帰ったら絶対泣くまで説教する。フレアに対する怒りが頂点まで達したエリク王子だが、自分の価値観の中では常識的であり、また誠実でもあるエリク王子は、その怒りすらかすむ強烈な罪悪感と羞恥心に駆られる。

自分を歓迎するための夜会で、その主催者である女王アウラの前で、女王アウラの夫である王配善治郎に、「結婚式のパートナーにしてくれ」と女の方から頼み込んだ。

もはや常識外れという言葉すら通り越している。正直、エリク王子の常識で考えれば、女王アウラも王配善治郎もなぜそれを受け入れたのか、理解に苦しむ話である。

「その場には、フレア以外にも我が国の者はいましたか？」

「ウップサーラ王国の人間は、フレア殿下以外はスカジ殿だけだな。他の者達も話ぐらいは聞いているだろうがな」

「……左様ですか」

最後の望みが潰えたエリク王子は、恐ろしく感情のこもらない声でそう答えた。

女戦士スカジがその場にいた。直接は見ていないが『黄金の木の葉号』の船員達も、その経緯はおおよそ知っている。となると、このフレア姫と善治郎の婚姻の一件が、フレア姫の暴走から始まったということは、どうやっても隠しようがないということだ。間違いなく近日中に、ウップサーラ王国でもこの噂は広まる。

（こんな、こんなのは、受け入れるしかないではないか！）

最初から詰んでいる。エリク王子の常識では、そう結論づけるしかなかった。

エリク王子は、フレア姫を妹として愛してる。そして非常識な考えには理解の薄い、古い価値観の人間である。だから、エリク王子は古い価値観の元、フレア姫には幸せな結婚をしてもらいたいと願っていた。

そう、願っていた。過去形だ。

その願いは今潰えた。

公衆の面前で、他国の王族（それも既婚者だ）に、事実上の交際の申し込みと言っても差し支えない、結婚式のパートナーの立場をねだった女に、まともな結婚話が舞い込むはずがない。エリク王子はごく自然に、そう認識した。

しかし実のところ、エリク王子が悲観的になりすぎている部分もある。ウップサーラ王国第一王女という看板があれば、今後フレア姫に（エリク王子が考えるところの）まともな縁談がまとまる可能性も十分にある。

とはいえ、この一件がウップサーラ王国にとって、非常に大きな借りであることは紛れもない事実であった。

掟破(おきて)りなフレア姫からの事実上の求婚。それを善治郎が受け入れ、女王アウラが承認してくれたから、この一件は「ちょっとしたハプニング」で済んでいるのだ。その場で、善治郎が拒絶するなり、女王アウラが「無礼」として切って捨てるなりしていれば、大変なところであった。

旅の恥はかき捨てとばかりに、もう二度と南大陸に足を踏み入れないつもりならば、まだやりようはあるが、カープァ王国との大陸間貿易締結を大前提と考えれば、女王夫妻に目に見える形で謝意を示さなければならない事態になっていたはずだ。

フレア姫の人生はそこで閉ざされていたと言っても過言ではない。

エリク王子は考える。フレア姫の犯していた失態。その情報を隠すことの難しさ。その上で、フレア姫に手向けられる最善の未来……。

「……我が妹フレアを受け入れてくれた、ゼンジロウ陛下及びアウラ陛下のご温情に、最大限の感謝を伝える次第です」

どう考えても、本人の希望通り善治郎の側室になる以上の未来が見つからなかったエリク王子は、ついに折れたのだった。

第三章　探索のち密談の日々

　善治郎のあずかり知らぬところで、フレア姫の側室入り最大の障害が取り除かれていた頃、善治郎はある程度生活のリズムをつかんでいた。

　朝、『瞬間移動』で『成人の証』を立てるため森へ飛び、日が暮れる前に『瞬間移動』で広輝宮に帰還。蒸気風呂、食事を済ませた後に就寝。慣れてくれば、翌朝には疲れも残らない。さらに慣れてくれば、夕食を済ませた後に、短時間であれば面会希望者と顔を合わせて、話し合いの場を設けることが出来るくらいの余裕も出てくる。

　結果、今日から善治郎は、待たせていた面会希望者との対談に、夜の時間を割いているのだった。

　面会の希望は複数届いているが、やはり身分の問題から、誰との面会を最初に選ぶかは、選択肢があってないようなものだ。出来れば、こちら側であるフレア姫と先に面会して打ち合わせをしておきたかったのだが、そうはいかない。

　初日の面会相手は、必然的にウップサーラ王国国王グスタフ五世となった。

「疲れているところ、夜分に失礼する。予想外に早く、面会を受け入れてくれて感謝するぞ、ゼンジロウ陛下」

　対面に座るグスタフ王の言葉に、第三正装に着替えた善治郎は、片手を上げて笑顔で応える。

「いえ、大したことではありませんよ。確かに初日、二日目辺りはそれなりに身体にこたえましたが、徐々に慣れてきました。ただ、流石に酒は控えておりますので、ご容赦願います」

「そうか。では、悪いが一人でいただこう」

「ええ、遠慮なさらず。イネス」

「はい」

　善治郎の言葉を受けて、後ろに控えていた侍女イネスがグスタフ王の銀杯に、酒を注ぐ。そのほぼ無色透明な中にキラキラと金粉が光る酒に、グスタフ王は目を細める。

「ほう、ポモージエ侯からこの酒をもらっていたのか。ゼンジロウ陛下がポモージエを『騎士団』から守るのに、大変な働きを見せたという噂は本当のようだ」

　その酒は、善治郎が出立直前に、ポモージエ侯爵から礼として譲り受けたうちの一本である。ポモージエ侯爵が誇らしげに「我が領地が誇る逸品」と言っていたが、グスタフ王の反応を見るに、その評価は正しかったようだ。

　落ち着いたら飲んでみよう。楽しみが一つ増えたと考えながら、善治郎は謙遜の言葉を返す。

「いえ、私の力ではありません。偶然が重なり、助力できた次第です。あのポモージエの一件に関しては、むしろフレア殿下が聡明な判断で尽力しておりました」

「フレアか……」

善治郎の褒め言葉に、グスタフ王は銘酒の味にとろかせていた表情から一転、苦いものを含んだような顔をする。

息子ならば喜ばしい功績も、娘がそれをやったと聞けば頭の痛い問題行動と捉える。やはり、グスタフ王の価値観もエリク王子と同質のもののようだ。

「ゼンジロウ陛下。酒の力も借りていることだし、率直にお聞きしたい。陛下は誠にあの娘を妻として迎えたいと思っておられるのか？」

人生と腹芸を切り離せない、王という地位にある男とは思えない単刀直入な問いに、善治郎はしばし言葉に詰まる。ある意味図星を指されたからだ。グスタフ王が懸念してるのとは別な意味だが、善治郎自身、フレア姫を妻とすることに積極的でないことは紛れもない事実である。

海千山千の王族を相手に、嘘をつき通せるとは思っていない善治郎は、事実だけを述べる。

「フレア殿下のことは一人の人間として非常に尊敬しています。殿下と縁を結べるのならば、この上ない栄誉であり、その栄誉に見合うだけの待遇を、固くお約束する次第です」

「ふむ………」

人間として尊敬している。結婚したら大切にする。どちらも嘘ではない。しかし、女として愛しているか、そもそも善治郎がフレア姫と結婚したいと思っているのか。その辺りの問いにはあえて答えていないことに、グスタフ王も気づいているだろう。

そこをあえて指摘しないのは、グスタフ王もこの婚姻がご破算になることを望んではいないからだ。この数日の間に、グスタフ王はフレア姫だけでなく、女戦士スカジやマグヌス副長をはじめとした『黄金の木の葉号』の船員達から、南大陸とカープァ王国について報告を聞いている。

その結果、カープァ王国との大陸間貿易には、自国の第一王女を側室として差し出すだけの価値があるという確信に至った。ただし、外聞が悪いことは間違いない事実のため、少しでも外聞を良くするための交渉は最後まで粘るつもりだが。

「あい分かった。ならば、近々ゼンジロウ陛下には義父と呼ばれることになるな」

「……よろしいのですか？」

グスタフ王の言葉は、フレア姫の側室入りを認めたに等しい。少し驚いて聞き返す善治郎に、グスタフ王は楽しげに笑うと、首肯した。

「かまわぬよ。条件として挙げた一件はすでに果たされたようなものだしな」

フレア姫を側室と迎える上で、グスタフ王は内密に一つの条件を挙げていた。それは、善治郎が「『成人の証』に同行する護衛達に認められる。もしくは護衛達の価値観を崩す」ということだった。

ようは、会談の場でエリク王子にやったのと同じことを、護衛の戦士達にも期待したのである。

これまでウップサーラ王国を支えてきた猛き戦士の価値観。その価値観が、時代の潮流からウップサーラ王国が取り残される原因となりうる。それを常々グスタフ王は危惧していた。

その戦士の価値観では全く評価に値しない、善治郎という男にやり込められたことで、エリク王子の視野は少し広がった。

今回善治郎の護衛に付けられた五人は、まとめ役であるヴィクトルを除き、全員強くエリク王子に傾倒している者達だ。戦士としての力量も高く、戦士団の中核をなす人材であるという。

そんな彼らが、少しでも戦士の価値観から視野を広げることが出来るならば、グスタフ王にとっては非常に大きな意味がある。それこそ、フレア姫の側室入りの許可と引き換えに出来るくらいには。

「今の状況を考えれば、あやつらの鼻っ柱がへし折られているのは、間違いない。すでにゼンジロウ陛下は、私の依頼した課題を果たしてくれたと判断する。ならば、こちらも誠意を見せねばなるまいて」

「恐縮です」

クックックツと楽しげに笑うグスタフ王に、善治郎は日本にいた頃の癖で小さく頭を下げそうになるのを、ぐっと堪えた。今の善治郎はたとえ相手が一国の王でも、簡単に頭を下げるわけにはいかない。

グスタフ王にとって、エリク王子と同タイプである戦士達は、頼りになる国の剣であると同時に、頭の痛い頑固者達でもあった。そんな者達が、まだ寒い春の山で、ろくな準備もないまま何日も過ごしているというのは、少々暗い喜びを感じずにはいられないのだろう。逆を言えば、その程度のことは彼らにとって少々痛い目ではあっても、取り返しのつかない大怪我や落命にはつながらない、と信頼しているともいえる。

上機嫌のままグスタフ王は言う。

「せっかくの内密の機会故、胸襟を開いて言うのだが、我が国にも立場というものがある。我が国の第一王女が南大陸王配の側室となるというのは、あまり聞こえの良いものではない。我が国が北大陸で侮られぬように、配慮をいただきたいのだ」

「お気持ちは理解できます。私が今行っている『成人の証』もその一環ですね」

フレア姫との婚姻にこぎ着けるため、善治郎が目に見える形で骨を折ればそれだけ「そこまで求められたならば仕方がない」と、外聞が良くなるという寸法だ。

なんとなく、昔話で聞く嫁取り物語を思い出す善治郎である。本質的には間違っていないだろう。

「そうだ。通常、他国の王族に嫁がせる場合、我が国の『成人の証』を求めたりはせぬ。他国に嫁ぐ時点で、そちらの国の常識に従うのが慣例だからな。だが、今回は埋め合わせとして、その辺りは可能な限りそちらに譲っていただきたい。その後の結婚式も、こちらで、こちらのやり方で、こちらの衣装で行うことをお願いする」

ようは結婚に至るまでの過程は、全てウップサーラ王国の常識に従え、ということだ。対外的に分かりやすく「ここまで頭を下げてお願いするのですから、貴方の国の第一王女を私の側室にして下さい」と願い出ろ、と言っているのだ。

「承知いたしました」

この辺りは善治郎の裁量で決められるところのため、善治郎は快諾する。そもそも結婚式は、嫁入り、婿入りする側の実家で行うというのは、カープァ王国にも共通する風習だ。断る理由はない。

「良かった。ゼンジロウ陛下。フレアをよろしくお願いする」

「はい」

グスタフ王の父としての言葉に、善治郎も短い言葉に精一杯の誠意を込めて返すのだった。

同じ頃。広輝宮の別の一室で、よく似た銀髪氷碧眼の王子と王女がテーブルを挟んで向かい合うように椅子に座り、言葉を交わしていた。

「やあ、久しぶりだね、フレア。元気そうで安心したよ」

「そっちもね、ユングヴィ」

ウップサーラ王国第二王子ユングヴィと、第一王女フレアである。双子の姉弟である二人は非常によく似ている。公式には生まれてきた順でフレアが姉、ユングヴィが弟となっているが、ユングヴィはことあるごとに「自分が兄だ」と言って、私的な場ではフレアのことを姉と呼ぼうとしない。そのせいで、フレア姫とユングヴィ王子は、お互い自分が姉、兄だと主張する、奇妙に対等な人間関係を形成していた。

今は王族の男と女ということで、こうして顔を合わせるにも面倒な手続きが必要になっているが、幼い頃は寝食を共にした仲だ。フレア姫にとっては王族の中でも最も気安い相手と言える。

「それにしてもユングヴィにしては、随分時間がかかったわね。正直、帰国した翌日には貴方が面会に来ると思ってたわ」

方向性は違うが好奇心の強さと行動力に関しては、「流石双子」と言われるくらいフレア姫と似ているユングヴィである。それにしては動き出すのが遅いように感じたフレア姫であった。

そんな双子の姉の言葉に、銀髪の王子は頬を膨らませると、

「それは半分はフレアのせいだよ。フレアが共和国でアンナ王女相手にあんなことをやらかすからさ。共和国と『騎士団』の一戦を警戒するために、ログフォートで海軍を警戒態勢にしておかなければならなくなったんだよ。その手配で今日までかかった。最悪僕が、『死せる戦士の爪号』に乗り込むことになるかも。あとの半分はゼンジロウ陛下のせいかな？　本来ならこういうのはエリク兄上の仕事なのに、兄上は現在南大陸だからね」

そう、さも不本意そうに言ってのける。

流石にそこを突かれるとフレアも痛い。

「ごめん」

つっと視線を逸らしながら、小さな声で謝る。

「お父様も言ってたけど、やっぱりうちの国まで波及したんだ」

シュンとする姉に、双子の弟は慰めるように言う。

「まあ、大勢に影響はなかったと思うよ。遅いか早いかの違いでさ。共和国と『騎士団』

が本格的にぶつかるとなったら、どのみち僕達北方諸国も座視は出来ないからね。うちだけじゃなくてトゥールック王国とベルッゲン王国も同じような反応だよ」

「オフス王国とウトガルズは？」

「オフス王国は、まだ動きを見せてない。あそこは、北方五ヶ国で一番『教会』の浸透が激しいから、こういう問題ではうかつに動けないんじゃないかな。ウトガルズはいつものだんまりでしょ。どうせ何があっても最後まで動かないよ、あそこは」

ユングヴィ王子はすらすらと、自国を含めた北方五ヶ国の動向について答える。フレア姫と年は同じだが、男であるユングヴィ王子は数年前から、王族として軍や政においていくつかの役職を任され、精力的に働いている。

「フレアがはめられたのは癪だけど、国際情勢を考えたら、共和国が『騎士団』にぼろ負けするようなことだけは避けたいからね。結局はアンナ王女の思惑通り動かざるを得ない。具体的に援軍を出すのはリスクが大きすぎるからなしだけど、牽制ぐらいはしないと」

「うん？　どのみちアンナ王女の思惑通り動くということは、アンナ王女のやったことはむしろ悪手だったのかしら？　同じ結果しか導けないのに、こうして私達ウップサーラ王家の悪感情を買っているわけだし」

ふと思いついた疑問を口にするフレア姫に、ユングヴィ王子は苦笑して首を横に振る。

「いや。本人にとって収支はプラスになっているはずだよ。ああすることで国内の有力貴族に『自分の働きかけでウップサーラ王国を動かした』と主張することが出来るんだから。実際、北方諸国ではうちが断トツで早く動いているから、その言葉には一定の信憑性がある。アンナ王女にとって、他国の王族の不評を買わないことより、国内貴族に主張できる実績を積む方が大事なんだ。大国の傲慢（ごうまん）さが分かりやすく表れているね」

皮肉気に、だが自信を持って自説を説く弟に、フレア姫はつい羨望の眼差しを向ける。

「いいわねえ、貴方は。そうやって国際情勢が耳に入ってくる立場で、国政に関与できる役職もあって」

「そうなるために色々頑張ったからね。……フレアほどじゃないけど」

ユングヴィ王子が姉姫の愚痴っぽい物言いに、嫌な顔をせず肯定するのは、フレア姫が自分以上に努力していたことを誰よりもよく知っているからだ。

百人隊長以上の試練をくぐり抜けた女は、例外的に『女戦士』という称号を得て、成人男性と同じ役職に就くことが出来ると知った幼い頃、フレア姫はそちらの方向でも非常な努力を重ねた。しかし、ウップサーラ王国の女としてはかなり小柄なフレア姫は、並の兵士程度の力量をつけるのがやっとだった。

それでも諦めず、フレア姫は父王や母、乳母を粘り強く説得し、トナカイ猟やアザラシ漁に同行したり、大学から人を招いて教養を深めたりしていた。もちろん、女の王族としての淑女教育は受けながら、別個にやったことだ。

「でもフレアも良かったじゃない。何だかんだ言って『黄金の木の葉号』の船長になって、我が国初の大陸間航行を成功させたんだから。おめでとう」

「ありがとう。これに関しては、ユングヴィのおかげよ」

フレア姫がそう言うのは、フレア姫が『黄金の木の葉号』の船長に立候補し、大陸間航行に旅立つことに、王族でただ一人賛成してくれたのが、このユングヴィ王子だったからだ。

実際、ユングヴィ王子の説得なくして、フレア姫の『黄金の木の葉号』船長就任はなかったであろう。まあ、その説得の仕方が「あまり強行に反対して、フレアが密航を企んだらもっと大変なことになりますよ」という甚だ失礼な論法であったことについては、多少言いたいことはあるのだが。

「それにしてもフレアが結婚かあ。嫁ぎ先が南大陸というのは納得だけどね。相手が王族というのが逆に驚きなくらい」

流石はフレア姫に対する理解度ナンバーワンな弟のセリフであった。昔から未知への探求心が旺盛なフレア姫が、どうせ嫁ぐなら自分にとっての未知が多い国を選ぶというのは、必然だからだ。

「ひどいわね。私だって好き勝手にするばかりじゃないわよ。自分の結婚と国益を結びつけるくらいの常識は兼ね備えていますす」

「常識あるお姫様は、船長になって大陸間貿易に乗り出さないし、父王の許しなく他国の王族と自分の婚姻話をまとめてきたりしないよ」

「全面的に常識があるとは言ってないわ。そのくらいの常識はある、と言ってるの」

完全に開き直ったことを言って、フレア姫はすまし顔でティーカップを口に運ぶ。

「随分と限定的な常識だね。でもまあ良かったよ。想像以上に良い嫁ぎ先で。ゼンジロウ陛下はあの通りお優しいお方だし、アウラ陛下も自ら望んだ以上、フレアのことを粗略には扱わないでしょ」

ハーブティーを一口飲んだところで、フレア姫は不思議そうに首を傾げる。

「え？　何の話？　私まだアウラ陛下については話してないわよね？　スカジから聞いたの？　それともゼンジロウ陛下？」

女王アウラの人となりを知るほど近くで接することが出来たのは、フレア姫と女戦士スカジくらいのはず。そう思って首を傾げるフレア姫に、ユングヴィ王子は自信ありげに語る。

「いや、誰からも聞いてないよ。ただ現状の情報を統合すれば簡単に推察できることさ。フレアの側室入りについてカープァ王国側ではすでに話がまとまっている。そして、その話を切り出すことが出来た人間は二人だけ。ゼンジロウ陛下とアウラ陛下だ。

でもゼンジロウ陛下はあの通りのご気性。あのような、王族には珍しい、他者に対する敬意と誠意に満ちた方が、王配という立場も顧みず、他国の第一王女を側室に望むはずもない。となると、答えは一つ。フレアに側室入りの話を持ちかけたのは、アウラ陛下だ。違うかな？」

筋道を立てて理路整然と、見当違いな推理を披露するユングヴィ王子に、フレア姫は汗顔の至りで視線を泳がせる。その不審な表情を、生まれた時からの付き合いである双子の弟が見逃してくれるはずもない。

「……フレア？」

「…………」

無言のまま、目が合わないように忙しなく視線を逃がし続けるフレア姫に、ユングヴィ王子は半眼で睨みながら言う。

「ねえ、フレア。はっきり答えて。今回の婚姻、最初に言い出したのは誰？　誰が誰に結婚を申し込んだの？」

そこまではっきりと問われれば、フレア姫もごまかしようがない。

フレア姫は小さく右手を挙げると、

「私がゼンジロウ陛下に申し込みました……」

と白状する。

「何やってるの⁉」

ユングヴィ王子は、生まれた時からの付き合いであるフレア姫も初めて聞くような切羽詰まった声で、突っ込みを入れるのだった。

その後、長い『尋問』の時間を経て、善治郎との婚姻にこぎ着けた経緯を洗いざらい白状したフレア姫は、開き直ったように笑っていた。笑ってごまかす以外の手段が残されていないともいう。

一方、一連の事実を聞き出したユングヴィ王子は、すっかり脱力した様子で、椅子の背もたれに体重を預け、暗い天井を仰ぎ見ている。

「……アウラ陛下もいる公衆の面前で、結婚式のパートナーに申し込んだって……ゼンジロウ陛下って、人がいいのを通り越して、負の感情をどこかに置き忘れてきてるんじゃないの?」

ユングヴィ王子が「お人よしを通り越している」と言うのは、今の状況のことだ。「フレア姫が公衆の面前で、善治郎の出席する結婚式のパートナーに申し込んだ」という事実を最初に明かしていれば、今の状況は存在しない。

「お前のところの常識知らずで恥知らずの娘を娶ってやる」という態度でも、ウップサー

ラ首脳陣が拒否するのは難しかったはずだ。その事実を隠して、エリク王子をはじめとした反対者達からの「論外だ」「フレア姫と結婚するならこっちに合わせろ」「貴様程度の男がおこがましい」という物言いを正面から受け止め、こちらの提示した条件である『成人の証』を立てるために、今も森に通い続けているのだ。

「ゼンジロウ陛下は、人とのぶつかり合いを可能な限り避けようとするお方だから。あれでも今回は、事前に私達が忠告したから、かなり強硬な態度を取っておられるのよ」

「あれで？」

ユングヴィ王子は呆れたような感心したような声を上げる。善治郎が聞けば、頭痛を覚えずにはいられないだろう。

善治郎にとっては精一杯頑張った、エリク王子に抜刀寸前の怒りを買った態度でさえ、ウップサーラ王国の男から見れば『お優しい』態度に過ぎなかったらしい。

「あれでよ。カープァ王国側では私の輿入れはすでに決定事項だから、私が向こうで居心地の悪い思いをしないように、配慮して下さったのだと思うわ」

「ゼンジロウ陛下に感謝しないとね」

「分かってる」

フレア姫は、善治郎がフレア姫からの告白の一件について沈黙を守っていたことを、善治郎の優しさ、配慮の一環だと思っているが、事実は違う。

ただ単に忘れているだけである。そもそも現代日本で生まれ育った善治郎にとって、女からの告白というのは、別段特別なものでもない。こちらの世界が極端な男性優位社会であることは知識として知っているが、最も側にいる女がその例外である女王アウラのため、いまいち実感しづらいという理由もある。

そもそも、善治郎がこちらの世界に来た理由が、「女王アウラの婿となるため召喚された」なのだから、女からの告白に、なかなか違和感が抱けない。

そんな事情を知らない双子の王子と王女は、勝手に善治郎に対して、借りを作ったつもりになっていた。

気を取り直したユングヴィ王子は言う。

「それにしてもカープァ王家の血統魔法はすごいね。あれだけで、フレア二、三人分くらいの価値はあるよ、うん」

この数日、善治郎が森と広輝宮を日帰り往復していることは、すでに周知の事実だ。それを見れば、『瞬間移動』を可能にするカープァ王家の血統魔法の価値に気づくのは必然と言えた。

「失礼極まりないわね、貴方。まあ、同感だけど。けど、南大陸ではこっちとは比較にならないくらい血統魔法の流出には過敏に反応するから、私の側室入りが決まっても、私の子をウップサーラが引き取ることは難しいと思うわよ」

女王アウラとの仮交渉でも、最初にその部分については釘を刺されている。

「そうなんだ。でもさあ、『瞬間移動』があるなら、側室入りした後でも結構頻繁に行き来できるでしょ。それならさ、フレアも妊娠したら出産はこっちでしてもいいんじゃない？」

精神的に不安定になる妊娠出産期は、生まれ故郷で過ごす。隣国くらいならば、なくもない風習ではある。だが、ただの親切心でそんなことを言い出す弟ではないことを知ってるフレアは、半眼で睨む。

「だとしたら、何なのよ？」

「いや、もしも、もしもだよ？　フレアの子がこっちで生まれて、その時僕の妻もほぼ同じ時期に出産してたりしたら、間違って子供が入れ替わっちゃったりしたら困るなあ、なんて。ほら、僕とフレアは双子でしょ。子供もきっと似てると思うんだよね」

「ゼンジロウ陛下とは民族が違うのよ。いくら私と貴方が双子でも、貴方の子と似るわけないでしょ」

呆れて溜息を漏らすフレア姫に、ユングヴィ王子はにんまりと笑う。

「そうでもないよ。フレアとゼンジロウ陛下の間の子と、僕とカープァ王国人の女の人との間の子なら、よく似た子が生まれるんじゃないかな」

「ユングヴィ、貴方……本気でそれをやったら、私は貴方の敵に回るからね」

低い声で睨みつけるフレア姫に、ユングヴィ王子はおどけたように両手を上げた。

「あはは、冗談、冗談だよ」

「そう、ならいいわ」

もちろん、それが冗談ではないことは生まれた時からの付き合いであるフレア姫には分かっている。しかし、同時に『冗談』と言った以上、今言った不穏な計画をこの場で諦めたことも理解しているため、それ以上の追及はしない。

カープァ王家の血統魔法が手に入るならば最善、だがそうすることでカープァ王家との唯一の窓口となるであろう、フレア姫との関係が断絶するくらいならばスッパリと諦める。欲の深さと諦めの良さを併せ持つ、ユングヴィ王子の奇妙な判断基準を誰よりも理解しているフレア姫だから分かる。

「それで、どこまで冗談なわけ？」

「取り違えるってところが冗談だよ。そんなことは万が一にも起こらないように万全の準備を整えるから、フレアは安心して里帰りして」

「ということは、カープァ王国から妃を迎えるっていうのは」

「もちろん相手次第だけど、本気で考えてる。幸いって言ったらフレアは怒りそうだけど、第一王女のフレアが王配のゼンジロウ陛下の側室となるわけでしょ。それなら、ウップサーラ王国の次期国王である僕が、カープァ王国の高位貴族から側室を取っても問題はない。南大陸の人間を正妃にするのは、北大陸諸国に対して外聞が悪いからね」

それくらい、自分はカープァ王国との大陸間貿易を重視しているのだ、とユングヴィ王子は驚くほど真面目な口調で言った。その話の中に、聞き慣れた不穏な言葉を聞き咎めたフレア姫は、溜息をつきながら注意する。

「また危険なことを言って。うちは王族としては仲もいいし、国内に分裂要素がないからまだ冗談で済むけど、そうやって第二王子の貴方が、事あるごとに王になるって言うのはやめた方がいいわよ」

そうたしなめれば、いつもユングヴィ王子はすぐに謝って話をうやむやにする。それを予想していたフレア姫だが、今日のユングヴィ王子の反応は異なっていた。

「僕が王だよ。父上もまだまだ十年以上は現役だろうから、今後第三王子のカールが台頭してきたら、そっちになる可能性はあるけど、エリク兄上が『ウップサーラ』の王になることは絶対にない」

そこまで言われれば、北方諸国の国際情勢はある程度理解しているフレア姫にもピンとくる。

「正式に決定したの？」

「うん。まだ表沙汰には出来ない内々の話だけど、父上の元に正式な要請が来たらしい。エリク兄上は、オフス王国の王になる。オフス王は、自分の子に継がせることを、ついに諦めたようだね」

「そう……」

ユングヴィ王子の告げた情報に、フレア姫は一つ息を吐き、考え込んだ。

ウップサーラ王国と同じ、北方諸国に属するオフス王国。

その国は今、少々面倒な状況に陥っている。オフス王国の現国王はすでに六十歳を過ぎた老人なのだが、次期国王となる工太子が、現時点でもまだ不在なのである。

理由はいくつかの要因が複雑に絡み合っているのだが、一番の問題は元々王太子であった現オフス王の第一王子が、十数年前、海難事故で死亡したことに始まる。当時二十代だった第一王子もその妻も死亡、物心つくかつかないかだった一人娘は、遺体も上がらず行方不明となっているが、当然ながら生存は絶望視された。

悪いことに、オフス王には子供が二人しかいなかった。死んだ第一王子と、その姉である第一王女だけである。第一王女は、この時すでにウップサーラ王国国王グスタフ五世の正妃となっており、エリク王子を産んでいた。

大事な息子を失ったオフス王は私人としては嘆き悲しんだが、公人として、この時点ではそこまで焦ってはいなかった。オフス王はこの時まだ四十代。後継者問題を面倒にしないため、あえて作らなかったが、その気になればまだ子供が望める身体だったからだ。とはいえ、今から次の子供を作っても、その子が育つまで後継者がいない状態は、国民に不安を与える。

そこで、オフス王はウップサーラ王に打診したのだ。ウップサーラ王国国王の子であり、オフス王国国王の孫でもあるエリク王子に、オフス王国の王位継承権も持たせることを。オフス王からの内示をウップサーラ王は、いくつかの条件の下、受諾した。

この時から、エリク・ウップサーラは、両王家の家名をつなげ、エリク・エストリゼン・ウップサーラとなったのである。

新たに若い側室を迎えたオフス王に、第二王子が生まれるまでの暫定的な措置。誰もがそう思っていた状況は、十数年後の今この時まで続いている。

「オフス王もまだ色々現役で元気だけど、六十過ぎて流石に子供は望めないでしょ。運良く出来ても、その子に国政を任せられるようになるまで、オフス王が生きていられる保証はないし。となると、王位継承権二位、事実上の一位であるエリク兄上に託すしかないよね」

ちなみに一位は未だ遺体が上がっていない、第一王子の娘である。本来であれば、女の王位継承権は男より低いのが当たり前なのに、生存が絶望視されてる孫娘を継承権一位に据える辺り、他国の王子に継承権を与えることに、王自身にも王国内部でも複雑な葛藤があったことが読み取れる。

「その可能性があることは昔から言われていたけれど、本当にエリク兄様がウップサーラではなくてオフスの王になるんだ。エストリゼン王家にだって人はいるでしょうに」

少し不満げにフレア姫が言う通り、オフス王国のエストリゼン王家は、王族そのものが枯渇しているわけではない。現オフス王の直系が絶えただけで、傍系ならばいくらでもいる。問題は、その傍系にこそあった。

「そりゃ無理だよ。傍系に王冠を流すとなると、どう考えても王弟の血筋に行かざるを得ない。王弟はともかく、その子と孫はすでに大多数が『教会』信者だ」

オフス王国は、北方諸国のある半島と、北大陸本土のちょうど中間にある大きな島を本領とする島国だ。その立地上、北方諸国の中で最も『教会』勢力との付き合いが密で、その分『教会』の浸透が進んでいる国である。現時点ですでに、国民の二割以上が『教会』の洗礼を受けているため、どうしても政治もある程度『教会』に配慮したものにならざるを得ない。

その一環として、王弟は『教会』勢力圏の国から妻を迎えたのだが、その妻という人物が少々問題だった。いや、問題というのは流石に本人に悪いだろう。ただ、想像以上に敬虔な『教会』の信徒で、子や孫達がその影響を強く受けてしまっただけなのだから。

現王と王弟はほぼ同世代。傍流に玉座を譲るとすれば、第一候補は王弟自身ではなく王弟の息子達。つまり、北方諸国に『教会』の洗礼を受けた王が誕生してしまう。

それは何としても避けたい、というのはオフス王だけでなく、北方諸国の王達全員の総意である。それを阻止するためならば、自国の次期王として他国の王子を迎え入れることも、自国の第一王子を他国の王として差し出すことも、許容するくらいには。

国際情勢を聞くフレア姫は、真剣な目をしつつもどこか生き生きしている。

「なるほどね。それなら、本当にエリク兄様は、オフス王国の国王になるんだ……ん？」

しみじみとそう言ったところで、フレア姫はふと気づく。

「ちょっと待って？　まさかオフス王からの要請が今さっき来た、ということはないわよね？　ということは何？　あの会談でエリク兄様を第一王子として紹介した時点で、すでにエリク兄様は、この国の王にはならないと決まっていたということ？」

フレア姫はあの会談の場での出来事を思い出す。

「まだ内々の話だし、僕やカールが王太子になったわけじゃない。となると、席次や紹介の順番は今まで通りが順当でしょ」

ユングヴィ王子の言っていることは道理ではある。しかし、カープァ王宮の内情をある程度知っているフレア姫からすると、明らかに善治郎に誤認させる意図が感じられた。

「お父様は、あの場でわざわざゼンジロウ陛下に『エリクはいずれ王となる身』と仰ったんだけど？」

「嘘じゃないでしょ。エリク兄上は、オフス王国の王になるんだから」

「ええ、嘘じゃないわね。でも、明らかに誤解させようという意思がある言葉よね？」

「ええと、僕は父上じゃないから断言は出来ないなあ」

すっとぼける弟を無視して、フレア姫は考える。なぜ、グスタフ王は善治郎に、エリク王子がウップサーラ王国の次期王であるように誤解させたのか？

一番納得しやすいのは、エリク王子の身の安全をより保障させるためだろう。その要素があったことは間違いない。しかし、それだけとも思えない。

「……ひょっとして、エリク兄様を風除けにした？」

「…………」

ユングヴィ王子の無言の笑みが、フレア姫には肯定の返事に聞こえた。

考えてみれば、大陸間貿易を始めようとしたのは、父であるグスタフ王なのだ。『死せる戦士の爪号』と『黄金の木の葉号』を造り、それを運用できる船員を育て、今後の海運と海軍の本拠地として、ログフォートの街を大型船が複数停泊できる港に造り替えた。もちろん、その全てが大陸間貿易だけを見据えて行ったことではないが、主目的が大陸間貿易であったことは間違いない。

その力の入れようを考えれば、カープァ王国との大陸間貿易は、何としてでも成功させたいはずなのだ。

グスタフ王は良くも悪くも、正しく王である。外聞の悪さは別にしても、カープァ王国との大陸間貿易にフレア姫の身柄が絶対に必要だと分かれば、必要経費と割り切ることの出来る人間だ。

逆に、エリク王子は良くも悪くも情が深く、外聞と名誉を重要視する人間である。

グスタフ王ならば、息子であるエリク王子が、フレア姫の側室入りに強固な反対を示すことぐらい、容易に予想が出来ていたはず。それなのに、あの会談の場にエリク王子を同席させた。「お前は次期オフス王に内定しているのだから」と言えば、エリク王子を同席させないことは出来たはずなのに。しかも、思い返してみれば、あの時グスタフ王はエリク王子の言動に、かなり限界まで掣肘(せいちゅう)を加えず、好きにさせていた。

単純に考えれば、大陸間貿易の締結を確実にするためならば、エリク王子に自由に発言させて、善治郎の不評を買うことはマイナスにしか働かない。しかし、エリク王子の口を封じればそれで済むかと言えばそうではない。

あの場の反応を見れば分かる通り、「自国の第一王女を南大陸の王配の側室にするなどとんでもない」という意見は、エリク王子に限ったものではない。同様の価値観、同様の意見を持っている者は、ウップサーラ王宮中枢にも多数存在した。

ならば、代表してエリク王子に、彼らの意見を代弁させる形で言いたい放題言わせる。ただの臣下ならばともかく、王子、それも次期国王だと誤解している状態ならば、善治郎はもちろん、カープァ王国の女王アウラも、多少強硬な意見をぶつけても、簡単には交渉の椅子を蹴らないだろう。

通常そうしたぶつかり合いは、双方に感情的なしこりを残すことが懸念されるのだが、エリク王子の場合以後の心配は無用だ。なにせ、以後はウップサーラ王国にはおらず、隣国オフス王国の王となるのだから。

ようは、側室入り反対派のガス抜きとしてエリク王子には思う存分反対してもらって、そこでエリク王子とカープァ王家の関係が微妙になっても、その実害はオフス王国に持ち去ってもらおう、という魂胆だ。

「……お父様」

フレア姫は思わず天井を仰ぎ見る。

「それってこのタイミングで私に教えてよかった話なの？」

この情報がフレア姫を通して善治郎に伝わったらどうするつもりなのか？　その問いに、ユングヴィ王子はにっこり笑ってろくでもないことを言う。

「はっきりとは言われていないけど、父上としては他言無用のつもりだと思うよ」

「ちょっと、ユングヴィ？」

「でも、僕はむしろ援護射撃のつもり。ゼンジロウ陛下って、こういう謀（はかりごと）あまり好きじゃないでしょ？」

「否定はしないけど、理解がないわけじゃないわよ」

少し言い訳がましくそう言うフレア姫に、ユングヴィ王子は笑みを深める。

「それはそのままの意味だよね。理解はするけど不快感は抱く。割り切ってるんじゃなくて、のみ込んでるだけだ。不快感は蓄積していく。いずれ、許容範囲を超えたら怖い。でもさ、ゼンジロウ陛下ってお人よしでしょ。こっちの事情を可能な限り開けっ広げにして、『こっちもこういう事情があるんです。ご迷惑をお掛けしますがよろしくお願いします。もちろん、そちらの利益もご用意させていただきます』ってやった方が絶対良い相手だよ、あの人」

「ユングヴィ……」

直接言葉を交わしたことすらない善治郎の人となりについて、自信を持って断言する弟に、フレア姫は背筋に少し寒いものを感じた。

『最初に会った時に抱いた第一印象を、後で裏切られた経験がない』。子供の頃、無邪気に言っていたユングヴィ王子の特技。それは実は、使いどころの多い能力なのではないかと、フレア姫は今更ながらに感じるのだった。

それから十数日の時が流れて。

善治郎一行は無事、目的地である森の中の断崖絶壁にたどり着いていた。

「ここか」

「ゼンジロウ陛下、足元にお気をつけ下さい」

「ああ」

心配げなヴィクトルの声に背中で答えながら、そっと断崖絶壁を見下ろす。頑丈なロープを近くのしっかりとした木に結び付け（結び方はヴィクトルに習った）、それを命綱にしながらの行為だが、下から吹き上げてくる風の冷たさが直接心臓に届いてくるような寒気を感じる。

ど素人の善治郎の見立てではほとんど垂直。深さは最低でも、善治郎の会社があったビルの窓から見下ろしたよりは深そうな印象である。

恐らくは枯れた沢だったのではないだろうか。まるで大地に彫刻刀で切れ込みを入れたように、長い亀裂が走っている。

「……落ちたら助からないな」

「はい」

恐怖に震える善治郎の言葉をヴィクトルが肯定する。実際には、この程度の高さなら転落しても、即死しないことも珍しくないのだが、大きな傷を負えばそれ以降の活動が出来なくなるため、命がないという意味ではあまり変わりはない。それは森の動物達も同様である。

やがて善治郎は、革手袋の中を手汗で濡らしながら、慎重に命綱を手繰るようにして、その場を脱した。

「……ふう」

寒さと恐怖でかじかむ手で、どうにか命綱をほどき、身軽さを取り戻した善治郎は、革手袋をはめたまま両手をこすり合わせて、安堵の息を漏らす。

「いい具合だな」

善治郎は亀裂のような大地の裂け目を見て、改めてそう言う。非常に都合の良いことに、その切れ目は緩やかだがUの字を描いている。真っ直ぐな崖よりも追い込みやすい。

とはいえ、森の中で動物をただ追いかけるだけで思い通りに誘導できるような技量は善治郎にはない。自分に出来ないことは、専門家の意見を仰ぐべきだ。

「ヴィクトル。何とかしてあの辺りに獲物を追い込みたい。やり方を教えてくれ」

助言を求める善治郎の言葉に、護衛のリーダーはひげの生えた顎に手をやりしばし考え込んだ後、ゆっくりと口を開く。

「……ゼンジロウ陛下の場合、追い込むよりもむしろ、おびき寄せることをお勧めします。追い込むならば、時には何日もかけて対象の動物の進路を誘導していく必要があります。そもそも追い込む前に発見する必要がありますし、向こうがこっちを見つける前にこっちが向こうを見つけなければ、誘導は不可能に近いです。

　一方おびき寄せるのは、餌となるものがあれば、待つだけでいい。餌だけ取られて逃げられても、ゼンジロウ陛下の場合は、次の餌を用意するのが恐ろしく容易ですから」

　言われて善治郎もなるほどと納得する。

　確かに、善治郎に追い込みは難しそうだ。道なき森の中で野生動物と追いかけっこが出来るような敏捷性も体力も、善治郎にはない。

　何となく、後ろから追いかければ前に逃げていくようなイメージを持っていた善治郎は、自分の甘さを指摘された気分で少し早口になる。

「分かった、では餌でおびき寄せるとしよう。それならば、ついでに罠も仕掛けようか。駄目で元々だが、掛かれば儲けものだ」

　そのために、弓も槍も拒否して罠一式だけを持ち込んだ善治郎である。

　だがその意見にも、専門家であるヴィクトルは首を横に振った。

「それはやめておいた方がよいかと。罠が見破られた場合、そもそもこの辺りに近づいてくれなくなる可能性が高いですから」

「ああ、そうか。難しいものだな」

　当たり前だが野生の獣も馬鹿ではない。罠を見破れば、その周辺には近づかないくらいの知恵はある。おびき寄せるはずが、逆に警戒心を刺激して、崖近くに獣が近づくことを阻害するようならば、まさに本末転倒だ。

　ましてや『成人の証』を立てるためには、その罠も善治郎が一人で仕掛けなければならないのだ。専門家が隣で助言をしてくれるとしても、感覚の鋭い獣から隠し通せると考えるのは、楽観が過ぎるというものだろう。

「よし分かった。では、今日は少し早いが一度帰還して、獲物をおびき寄せる準備に取りかかろう。色々と準備があるので明日はこっちに来ない。開始は明後日の朝だ。

　具体的に何を持ってくればよい？」

　助言を求める善治郎に、ヴィクトルは淀みなく答える。

「それは、まず何を狩るか決めてからの方がよいでしょうね。熊、狼、イノシシ、鹿、トナカイ。ある程度は共通ですが、主食となるものは違いますから」

「なるほど。狙い目はどの辺りだろうな？」

「さて、そこは一長一短ございます。鹿やトナカイは相対しても比較的安全ですが、その代わり逃げ足が速いので、逃げられる可能性が高いでしょう。一方、熊やイノシシ、特に追い詰められたイノシシは非常に攻撃的になるので、逃げない可能性が高い。むしろ向かってくることが多いです。その分、凶暴で攻撃力が高いので、危険は多いですが。なお、狼はやめておくことをお勧めします。群れで狩りをする生き物ですし、一匹だけ釣れるということは滅多にございません。狼の群れに襲われるとなると、必然的に私達も参戦せざるを得なくなりますし、その場合は『成人の証』の条件に抵触します」

　狼の群れと善治郎が戦う。その場合、一匹の狼を善治郎が独力で倒したとしても、残りの狼から善治郎が自分の身を守り抜くことは不可能だ。残りの狼を護衛の戦士達が倒すのはもちろん、追い払うだけで『護衛の力を借りた』ことになるため、『成人の証』の条件に抵触する。

「分かった。助言感謝する。狼は避けるとしよう。しかし、そうなると悩みどころだな。鹿やトナカイを逃がさない自信は全くないが、熊やイノシシは怖い。やはり、何度も失敗する前提で、鹿やトナカイを狙う方が無難か？」

　情けないことを言う善治郎に、以前ならばせせら笑っていた護衛の戦士達が、真面目に助言する。

「ゼンジロウ陛下、それでしたら餌はあの辺りにまくと良いですよ。俺達が隠れて待ち伏せるのがこの辺りだとすれば、上手く回り込むことが出来ます」

「餌をまく時は、出来るだけ崖ギリギリまでまいた方が良いですね。回り込まれて崖に背中を向けた状態で餌を食われたら、見つかる危険が高まりますから」

「移動する時は、その辺りの草をむしって靴裏に巻いておいた方が良いですね。そうすれば足跡も隠せますし、匂いも極力残さないように出来る」

事ここに至っては、善治郎が『成人の証』を立てることを誰よりも強く望んでいるのが彼らだ。なにせ、善治郎が『成人の証』を立ててくれるまで、彼らは森から帰れない。もう少し早い段階で善治郎が『成人の証』を立てるのに失敗していれば、一時帰宅することも可能だったのだが、今の善治郎はこの辺りの風景をデジタルカメラに収めてしまっているので、『瞬間移動』ですぐに、徒歩ならば熟練の猟師が真っ直ぐ進んでも五日以上はかかる、この森の奥までやってくることが出来る。

善治郎が失敗しても数日後に再挑戦することを考えれば、彼らは実質、善治郎が『成人の証』を立てるまで帰れないということになる。長期滞在用の準備をしていない状態で、すでに、十数日間森暮らしが続いている護衛達は、善治郎の成功を祈らずにはいられなかった。

「それでは、今日のところはこれで失礼する。明後日からまたよろしく頼む」

そう言い残した善治郎が、いつもより早く『瞬間移動』で帰国した。

残された五人の護衛達は、野営の準備を始める。慣れた手つきで寝床となる場所を確保し、焚き火の場所も確保する。

「今日は時間があるから、ちょっと夕飯用の獲物を狩りに行きたいっすね」

一番年の若い戦士の言葉に、まとめ役であるヴィクトルは忠告する。

「それはかまわないが、狩りは離れた所でやれよ」

「分かってますよ」

ヴィクトルの指摘に若い戦士は、途端に不機嫌そうな表情になった。

この近辺では明日以降、善治郎が狩りを行うのだ。その周囲で先に狩りをして、獲物達に警戒心を抱かせるのはまずい。それが分かっている若い戦士は、ヴィクトルの言葉を受け入れつつも、この場にいない人間への愚痴がどうしても止められない。

「ったく、あの卑怯者のせいで、俺達がこんな苦労しなくちゃならないんだ。どこまで性格悪いんだ、あいつ」

はっきりと名前は出していないが、どう聞いても善治郎に対する不満だ。善治郎本人が聞けば「まあ、そう思うよね。ごめんなさい」とすまなそうに苦笑するだろうが、護衛が護衛対象に対して口に出してよい言葉ではない。

「おいっ、口の利き方に気をつけろ。我らの失態はそのまま、我らに全幅の信頼を向けて下すったエリク殿下の失態になるのだぞ」

ヴィクトルが鋭い声で叱責するが、若い戦士はむしろイライラを募らせるだけで、形だけの謝罪さえ口にしようとしない。

これはまずいと見たのだろう。ヴィクトルは、わざと大きな溜息をつくと、

「我々は今、ゼンジロウ陛下のご温情のおかげで辛うじて面目を失わずに済んでいるのだぞ。我々はあの方の懐の深さに感謝せねばならぬ立場なのだ。それを理解しているのか」

と、少し大きな声で言う。ヴィクトルの言葉に、叱責を受けた若い戦士だけでなく、残り三人の戦士も驚きで作業する手を止めて、ヴィクトルの方に視線を向ける。

誰も気づいてなかったのか。と、ヴィクトルは溜息を一つ漏らすと、説明を始める。

「そもそも、ゼンジロウ陛下はもうすでに『成人の証』を立てる必要もないのだ。我々の不甲斐なさを突き、その事実をもってエリク殿下の契約不履行を責め立てればよいだけなのだからな」

ここまで言っても、ヴィクトルの言っている意味を理解できた者はいなかった。三人の戦士は意味が分からないと言わんばかりに首を傾げているし、若い戦士に至っては怒りで鼻の周りにシワを寄せている。

「ゼンジロウ陛下はただ一言、こう言えばよい。『やはり、三日目に通った辺りの方が獲物が取れそうな気がする。明日は、あの辺りから始めるぞ』とな」

「何すか、その滅茶苦茶は？」

「……？」

「……？？」

「……あっ！」

若い戦士が文句を言い、二人の戦士が首を傾げる中、もう一人の戦士がそれに気づき、奇声を上げる。

ヴィクトルはその戦士に対し頷いてみせると、

「そうだ。ゼンジロウ陛下は、『瞬間移動』が使えるのだ。何も我々に合わせて、翌朝の移動を決める必要はない。一度行った場所に『瞬間移動』できるのであれば、この十数日、『瞬間移動』した場所ならばどこでもよい」

言われてみればあまりに当たり前の話。しかし、『瞬間移動』などという移動手段が存在することすら、ついこの間まで知らなかった人間が、その危険性について思い至らないのも無理はない。

護衛の戦士達は、主であるエリク王子と善治郎が交わした会話を思い出す。

『そうですか。では、彼らの都合で私が足を止める可能性は、一切考慮しなくてもよいのですね？』

『そのようなことがあった場合には、此度の一件が前提から覆る。それだけの覚悟はおありですね？』

善治郎はそう聞いた。エリク王子がそのどちらにも「そうだ」と答えた。

つまり、今ヴィクトルが言った通り、善治郎が「明日は三日目の拠点から出発する」と言い出せば、彼ら護衛の戦士達は何としてでも一晩で、その三日目の拠点まで移動しなければならない。もちろん、そんなことは不可能だ。その時点で、『此度の一件は前提から覆る』ことになる。

善治郎としては、それだけで目的は達せられるのだ。

そうなれば、エリク王子は嘘をついたことになり、エリク王子の信頼を嘘にしてしまった彼ら腹心の戦士達には、身の置き場がないような暗い未来が待っていることだろう。

やっとその事実を理解したヴィクトル以外の護衛戦士達は、揃って顔色を失った。

「ゼンジロウ陛下のご温情が理解できたか？　出来たなら、全力でそのご温情にお応えするんだ。借りを返さない戦士など、誰も信頼しないぞ」

「はいっ！」

若い戦士は、危機感のにじんだ声で返事をすると、即座に動き出す。

「やれやれ。あれはご温情を理解したというより、自分の置かれている立場のヤバさを理解して、ケツに火がついただけだな。まあ、結果として同じならばいいか」

ヴィクトルは呆れたように、小さく肩をすくめるのだった。

幕間二　一時帰国

『瞬間移動』で森の奥を脱した善治郎が目を開けると、そこは薄暗い一室だった。窓が一切なく、代わりに常に篝火(かがりび)が焚かれている密室。

見慣れた風景。全身にまとっている毛皮が蒸し暑く感じるのは、篝火のせいではない。単純にこの部屋、いやこの大陸が暑いのだ。

「お帰りなさいませ、ゼンジロウ様」

「ご帰還、心より歓迎します」

驚きをあらわにする顔見知りの兵士に、善治郎は気安く手を上げて応えると、

「今回も一時帰国だ。明日にはまた、向こうに発つ。非公式の帰国だから、連絡はアウラ陛下だけに頼む。私は真っ直ぐ後宮に戻る」

そう伝える。

「はっ、承知いたしました」

ここは南大陸カープァ王国王宮。『成人の証』を立てる途中であるが、善治郎は一時帰国していた。

久しぶりのカープァ王国の後宮。今の善治郎にとっての我が家。リビングルームに入った善治郎は、まずは何はさておき、背負っていた背嚢を下ろし、靴を脱ぎ、服を脱いだ。

「ふう、暑いし重かった。重いのは同じだけど、この暑さはすごいな」

前回、無人島から一時帰国した時は普段着だったため、気温の変化をそこまで感じなかったが、今回は雪の残る深い森を進むための毛皮と森歩き用の靴でがっちり防寒していたのだ。カープァ王国人ならば涼しいと感じる雨期の気温も、ウップサーラ王国の森と比べれば、蒸し暑いの一言だ。

後宮には石室の兵士から話が通っていたのだろう。リビングルームに控えていた侍女達が、善治郎が脱ぎ散らかした靴と服を拾い集め、丁寧に片付けていく。

「お帰りなさいませ、ゼンジロウ様」

「ただいま、アマンダ侍女長」

急な主の帰国にも、動揺の欠片も見せない侍女長の見本のような完璧な礼を、善治郎は少し懐かしい気分で見る。

Tシャツとトランクス姿になった善治郎は、そのままソファーに寝っ転がり目を瞑りたい衝動に駆られる。ペースはつかめてきたし無理もしていないが、何だかんだ言って十日以上続く森歩きと、夜に定期的に入るウップサーラ王国重鎮達との会談で、緊張状態が続いている間は意識していなかった精神的な疲労が、一気に噴き出している。

だが、今ここで眠るわけにはいかない。出来るだけ早めに片付けなければならない大事な用があるのだ。

善治郎は首を振って眠気を飛ばすと、背嚢の中から、デジタルカメラと携帯音楽プレーヤーを取り出した。どちらも、残りの充電状態が心許なくなっている。デジタルカメラに至っては、警告の赤ランプが点灯しているくらいだ。

これこそが善治郎の、一時帰国をしなければならなくなった最大の理由であった。

この旅で随分と慣れてきた善治郎の『瞬間移動』だが、ベース基地とも言うべき、カープァ王宮の石室以外は、未だに『デジタルカメラ』の画像を見ながらでなければ、上手く発動できない。

毎日『瞬間移動』で森の中と広輝宮を往復している現状、デジタルカメラは大げさではなく善治郎の生命線だ。

「これでよし」

デジタルカメラと携帯音楽プレーヤーに、充電中を示すランプが点灯したのを確認した善治郎は、ホッと安堵の息を漏らした。これで憂いはなくなった。ソファーにどっかりと腰を下ろした善治郎に、アマンダ侍女長が穏やかな声で尋ねる。

「アウラ陛下は所用があるため、まだしばらくは後宮に戻られないそうです。先に入浴の用意が整いますが、入られますか？」

言われて善治郎は、思い出したように小さく身を震わせた。

身体の表面は汗ばんで火照っているが、芯が冷え切っている。寒い空間で長時間運動をした時特有の感覚だ。この芯の冷えている感覚は、気温の高い所に戻っても簡単には温まらない。一番手っ取り早いのは風呂に入ることだ。

「うん、準備が出来たら入るよ」

「承知いたしました」

善治郎の言葉に、アマンダ侍女長は一礼するとその場を後にするのだった。

その後、善治郎は久しぶりに蒸気風呂ではない風呂をゆっくりと堪能した。森歩きで冷え切った体の芯を温め、王宮に出入りする商人達が改良を重ねた液体石けんで、頭と身体の汗や汚れを綺麗に洗い流す。
長湯を済ませてもまだ、愛する妻が後宮に戻ってくるまで時間があったため、善治郎はその時間に愛する息子と娘、カルロス・善吉（ぜんきち）とファアナ・善乃（よしの）との久しぶりの対面を果たしていた。

つい嬉しくなってかまいすぎて、どちらも泣かせてしまい、乳母達から叱責をもらったが、それが些細な問題だと思えるくらいに充実した時間であった。

そうして、我が子との触れ合いを堪能した善治郎が、リビングルームで半分眠りかけていた頃。いつもより少し勢いよく、リビングルームの扉が開かれた。

「ゼンジロウ、本当に帰っていたのか！」

久しぶりに耳に届く、愛する妻の声に、善治郎の意識は一瞬で覚醒する。

「アウラ、ただいま。まあ、今回も一泊二日で、明日の朝にはまた向こうに行かなくちゃならないんだけど」

そう言いながら、善治郎はソファーから起き上がり、小走りに歩み寄る女王アウラに、こちらからも距離を詰める。

抱擁はどちらからでもなく、同時だった。柔らかく、温かい、この後宮にいる時は毎日感じていた愛する人の感触に、善治郎は善吉、善乃を抱いた時とは別種の、だが同等の愛おしさを感じた。

「ただいま」

「お帰り」

しばし二人は抱擁を続ける。お互いに接する面積を少しでも広げようとするかのような、深く、長い抱擁。

「……先触れの侍女やエリク殿下から、そなたの無事は知らされていたが、こうしてこの手で触れることでやっと本当に安心できる」

「俺も、今、日常に帰ってきた実感がしてるよ」

出来ることならば、今日は一日こうしていたい。だが、たとえ私的空間でも私情よりも政情を優先しなければならないのが王族という生き物だ。

長い抱擁の末、名残惜しそうに離れた女王とその伴侶は、示し合わせたように『向かい合って』ソファーに腰を下ろしたのだった。


その後、善治郎と女王アウラは、お互いの情報を密に交換した。北大陸に行っている善治郎と、カープァ王国の王宮から動いていない女王アウラであるため、善治郎が伝える情報が九割以上だったが、アウラから聞かされる新情報もある。

「そうか。エリク殿下はプジョル元帥と意気投合したんだ。考えてみれば相性は良さそうだね」

自分がエリク王子と感情的に対立関係になってしまったことを危惧していた善治郎は、プジョル元帥や女王アウラとは悪くない関係を築いていると聞いて、ほっと安堵の息を漏らした。

「ああ。そのエリク殿下も、フレア殿下の側室入りには賛成して下さった。きっかけが公衆の面前でのフレア姫からの申し出であったことを、そなた達は言っていなかったのだな」

それを伝えたら一発だったぞ、と女王アウラは笑う。

「正直思いつきもしなかったよ。どっちが申し込んでも、最終的にグスタフ王から許可をもらわなければならないのは変わらないわけだし」

そう言って善治郎は頭を掻く。少し考えてみれば、思いついてもおかしくはなかった。良くも悪くもこの世界は、大陸の南北を問わず、まだまだ男中心世界なのだ。裏の根回しを一切せず、公衆の面前で女の方から事実上の結婚の申し込みをすることが、傷となることは想像できたはずだ。その辺りは善治郎としても反省すべき点である。

「しかし、エリク殿下から色よい返事をもらえて上機嫌になっていたら、エリク殿下が次期国王ではなかったとはな。一杯食わされた気分だ」

女王アウラは思い出して苦笑する。確かにエリク王子は、ウップサーラ王国第一王子とは名乗っていたが、王太子とは名乗っていなかった。言霊のおかげでこの世界では、異国人とも会話が成立するので忘れがちだが、文明が異なれば同じ単語でも意味に微妙な揺れが生じたり、そもそも該当する単語が存在しなかったりする。

カープァ王国の公爵が王家の分家を意味するのに対し、シャロワ・ジルベール双王国の公爵は砂漠の四部族長家であるというような違いだ。

だから、エリク王子が王太子と名乗らず、第一王子と名乗ったことを、言霊が翻訳する時に生じた違いだと考えてしまったのだが、こちらはアウラの失態だろう。

「それにしても、他国の王子を王として迎えるのか。こちらとは根本的に文化が違うのだな。北大陸との文化の違いは、ある程度フレア殿下から伝え聞いてはいたが、いつもの感覚を引きずると思わぬ落とし穴に足を取られかねん」

しみじみと言う女王アウラに、善治郎は同意しながらも忠告する。

「それは確かにね。それでも、北方諸国は同じ精霊信仰で王政もこっちと似ているから、まだマシな方だよ」

「ズウォタ・ヴォルノシチ貴族制共和国か。一応、王はいるのだったな？」

「うん、王はいる。でも、アウラが考える王とは全く別物と思った方がいい。王も王家も、権限はほとんどない。実権は立法府（セイム）が握っている」

さらに王は選挙王政という形で選ばれ、選挙権は貴族全員（シュラフタ）が一票ずつ持っているとか、その選挙を管理している元老院（セナト）の権力だとか、選挙で選ばれるとは言ってもその選挙に立候補するのは、よその国で言う王太子に相当する人物だけで、事実上の信任投票になっているとか、そういう細かな説明は今はしない。

一泊二日で帰国しなければならないのだ。今、中途半端に情報を渡しても害悪になるだけだと善治郎は判断した。

「その共和国が、『騎士団』と大規模な戦争になる、と。『騎士団』というのも国なのだな？」

「うん、正式名称は『北方竜爪騎士修道会』。北大陸でものすごく強い勢力を持つ宗教組織『教会』の『爪派』。元々設立理由が、『教化が遅れている大陸北部の治安維持』という名目だから、ウップサーラ王国をはじめとした北大陸北方諸国とは、潜在的に敵対関係にあるみたいだね。俺も正しく理解できてないけど、独自の国土、独自の経済、独自の軍事力を持っているんだから、国と認識してもいいと思う」

善治郎自身、詳しく説明できるほど、共和国や『騎士団』について詳しく理解しているわけではないのだ。

「分かった。詳しいことはフレア殿下の一件が終わって帰ってきた後にしよう。とにかく、共和国と『騎士団』はどちらも北大陸の大国、もしくは有力な勢力同士なのだな。その両陣営が、近々大規模な戦争を起こす。いつ頃かは分かるか？」

厳しい表情で問う女王アウラに、善治郎は首を横に振る。

「その辺りの機微については俺ではちょっと分からないな。ただ、共和国のアンナ殿下の言葉が正しければ、『有翼騎兵』による上空からの偵察で、『騎士団』の大規模部隊が国境に移動していることが見て取れたらしいよ。それが今から大体三十日前くらい」

善治郎の答えに、女王アウラは渋い顔をする。

「それは……あくまでこちらの常識に基づいた判断だが、いつ開戦となってもおかしくないぞ。そなたのいるウップサーラ王国には、本当に戦火は及ばないのだろうな？」

「それは大丈夫。大ざっぱに説明するけど、共和国がこうあるとしたら『騎士団』領はその北側で、ウップサーラ王国がある北方諸国はそのさらに北なんだけど、この北方諸国と『騎士団』領の間は、山頂に万年雪が残る険しい山脈が横たわっているんだって。真夏でも、そこを横断する人間はそれだけで勇者と崇められるくらいの」

そう言いながら、善治郎はテーブル上にあった竜皮紙にボールペンで下手くそな地図を描き、説明した。

「海は問題ないのか？」

「かなりの大勝負だからね。元々海に力を入れていない『騎士団』に、そっちに戦力を割く余裕はないらしいよ。万が一海から攻められるとして、俺がいる王都ウップサーラは、海岸線から、メーター湖っていう大きな湖を船で進んでも一日かかる距離にあるから、王都が戦渦に巻き込まれるというのは、現実的ではないと聞いている」

「ふむ」

その後、共和国のポモージエ港からウップサーラ王国のログフォート港までにかかった日数や、ポモージエ港から開戦場所と予想されるタンネンヴァルトまでの陸路移動にかかる日数などを聞き、全体の距離を把握した女王アウラは、共和国と『騎士団』の一大決戦が、確かにウップサーラ王国にとっては『対岸の火事』であると判断した。

　ホッと肩の力を抜いた女王は、愛する夫に言う。

「送り出した私が言えた義理ではないが、危ないと思ったらすぐに逃げ出してくれ。いざという時は、迷わず『瞬間移動』の魔道具を使ってくれ。よいな」

「うん、分かってる」

　善治郎は愛する妻を安心させるように、努めて笑顔で頷いた。

「充電が終わったら、デジカメと携帯音楽プレーヤーの画像データをパソコンに移しておくよ。それを見れば、北大陸、特に共和国の国力が感じられると思う。個人的な意見としてはかなり脅威を感じた。

　でも、今は時間ないからそっちの話は置いておいて、ウップサーラ王国に話を戻すね」

　北大陸の偵察も重要だが、フレア姫の側室入り及び、ウップサーラ王国との大陸間貿易締結が、現時点での最重要課題であることに変わりはない。

　異論のない女王アウラは、小さく頷き、先を促す。

「とりあえず、反対派の急先鋒だったエリク殿下が落ちたなら、フレア殿下の側室入りと大陸間貿易の話はもう問題なしだと思う。俺の『成人の証』に関しても、最悪尻尾巻いて逃げてきてもどうにかなるんじゃないかな。

　だから、そっから先の話になるんだけど、王太子じゃないけど次期ウップサーラ国王最有力候補であるユングヴィ第二王子が、うちの国から側室を取りたいって言ってた」

「ほう、一考の余地はあるな」

善治郎の言葉に、女王はピクリと片方の眉を跳ね上げた。

こちらは、向こうの第一王女を王配の側室として取った後の話だ。万が一、ユングヴィ第二王子が王になれなかったとしても、十分に釣り合いの取れる話である。

「ユングヴィ殿下というのは、フレア殿下の双子の弟なのだったな？」

「うん、本人だけは双子の兄だと名乗ってるけどね。見た目はフレア殿下とものすごくよく似てるよ。中身も似てると言えば似てるかな？　俺の第一印象としては、王族としては変わり者だけど悪い人ではなさそう。フレア殿下も同じようなことを言っていたから、そう外してはいないと思う」

「それならば、ある程度は安心できるな。北大陸は南大陸を一段下に見る傾向があると聞く。そんな異文化圏に嫁がせるには、最低限結婚相手が誠実な人間でないと、いかな政略結婚でもまずいからな」

政略結婚は、その名の通り政略であるが結婚でもある。政略上の旨みがなければ発生しないものであるが、結婚である以上、男女の感情が上手くいかなければ破綻する。

「アウラとしては乗り気？」

「向こうの出す条件次第、こちらの希望者次第だな。プジョル元帥が聞けば喜び勇んでファティマを差し出しそうだが……」

「それはまずい、よね？」

　確認する善治郎に、女王アウラは首肯する。

「ああ、考慮する余地もない。ファティマ・ギジェンはプジョル・ギジェンの同母妹だぞ。王家の血の濃さは、プジョル元帥に匹敵する」

　間違っても国外に出せる人材ではない。可能性は極めて低いが、まかり間違えば双王国のボナ王女のように、子供が隔世遺伝的に『時空魔法』に目覚めかねない。

「その考えだと、マルケス伯爵家のミレーラなんかもまずい？」

「いや、ミレーラは血統的にはマルケス伯爵家の分家筋の娘だからな。マルケス伯爵家の血は引いていても、王家の血は薄い。こちらはありといえばありだ。いずれにしても、こればかりは書面上の政略よりも本人の能力、気質、何よりやる気が第一だ。国境どころか大陸を超えての婚姻政策だからな。無理はさせられぬ」

　それは情による配慮ではない。両国友好のためにも最初の懸け橋となる婚姻政策が失敗に終わるくらいならば、いっそやらない方がまだマシという判断だ。

「そう考えると、フレア殿下ってすごいんだね」

「ああ、並の胆力、並の行動力でないことは、確かだ」

　そう考えると、フレア姫の押しかけ側室も、あながち本人の我が儘とも言い切れないかも知れない。ウップサーラ王国の貴族女性にとって南大陸は未知の蛮地だ。そこに政略結婚で嫁いで、フレア姫より馴染めそうな人材は、そうはいないだろう。

「とりあえず、ユングヴィ第二王子が次期国王として最有力であること。その人物が我が国から側室を取ることを検討していること。その二点は、そなたと入れ替わりで向こうに送ることになる外交官に伝えておこう。他には、何か今報告しておいた方が良いことはあるか？」

女王アウラの言葉に、少し考え込んだ善治郎は思い出したように、ポンと膝を叩く。

「そうだ。ヴェルンドっていう鍛冶師のお爺さんが、わざわざ俺に直接面会を申し込んできて、『自分も南大陸に連れていけ』って言ってきたよ。同席したフレア姫が歓喜して、スカジが驚愕してた。どうやらヴェルンドっていうのはスカジのスカジみたいな、特別に優れた鍛冶師に与えられる名前みたいだね」

「ほう？　それはまた喜ぶべきなのだろうが、裏がありそうで怖いな」

朗報を鵜呑みにしないのは、一国を預かる人間ならば当たり前の反応なのかも知れない。

「まあ、本人に裏がなかったとしても、グスタフ王はヴェルンドを出すことで何らかの対価を求めるだろうとは思うよ」

「それだけの価値のある人材ならば、こちらも譲歩は必要だろうな。問題は、鍛冶師個人の能力以上に、弟子に対する指導力だ。そちらのある人物ならば本当に欲しい。是が非でも欲しいぞ」

名工が必ずしも名指導者ではないことは、どこの世界でも共通する話である。

名工が一人来たところで、生産可能な鉄具はいくらも増えないし、名工が老人ではその生産も十数年でストップしてしまう。大事なことは、その高度な製鉄技術がカープァ王国に広まり、根付くことだ。

「とにかく、全体的に上手くいきそう。ただ、向こうで結婚式を挙げてからこっちに帰ってくることになりそうだから、帰りは予定していたよりも遅くなると思う」

向こうで結婚式を挙げるという夫の言葉に、女王はジクリと胸の奥に不快な痛みを覚える。だが、それは一切表には出さない。こちらの都合で側室を娶らせ、そのために命がけの航海に送り出し、今もなお『成人の証』とやらを立てるため、大変な思いをして森で慣れない狩りをしている夫に、不快感を示すなど、いくら何でも恥知らずすぎる。

「ああ、待っているぞ」

女王はそう言って、悠然と微笑むのだった。

第四章　風の鉄槌

「ヴェルンドを呼べえええい！」

広輝宮の奥の一室で、グスタフ王の野太い叫び声が響き渡る。

「はっ、ただちに」

周りに控えているグスタフ王の腹心達も、グスタフ王を諫めたりしない。むしろ、一緒になってうろたえている。今聞かされた事実を知れば、うろたえる彼らを笑える者は、ウップサーラ王国にはいないだろう。

今回の一件は、それほど大きな出来事なのだ。ある意味では、フレア姫が善治郎の側室になるよりも大ごとかも知れない。なにせ、フレア姫は南大陸の王配の側室という嫁ぎ先が予想外なだけで、近々国外に嫁ぐことは半ば確定事項だった。

一方ヴェルンドは、国の宝とも言うべき最高の鍛冶師だ。その人物が、フレア姫と一緒に南大陸に行くと言い出したのだから、これは完全に寝耳に水である。

王とその腹心達がそわそわしながら待つことしばし。

小さく音を立てて、入り口の扉が開かれる。

「王よ、呼んだか？　儂(わし)は忙しいのだ。手短に頼むぞ」

そう言って入ってきた男が、ヴェルンドその人である。

見たところ、年の頃は六十歳前後だろうか。年の割には豊かな髪とひげは元々濃い茶色だったようだが、今はかなり白くなっている。平均身長が百八十センチに迫るスヴェーア人の男としては小柄な部類だろう。少し腰が曲がっているが、真っ直ぐ立ったとしても百七十二センチの善治郎よりも幾分小さいのではないだろうか。

ただし、鍛冶仕事で鍛えられたその身体は非常に筋肉質で、彼が今もまだ現役の鍛冶師であることを物語っている。

ずかずかと王の前まで歩み寄った老鍛冶師は、断りもなくどっかりと椅子に腰を下ろした。

常人ならば許されない暴挙だが、王はもちろん周囲の側近達も特に反応は示さない。かくしゃくとはしているが、このヴォルンド、長い鍛冶師生活で腰や足を痛めている。

鍛冶師が職務で負った怪我は、ウップサーラ王国では戦士が戦場で負った怪我と同一視される。戦傷によって直立や歩行に苦痛が伴う戦士は、いつどこでも誰にも憚らず腰を下ろす権利を持つ。

そもそも今は細かいことを気にしていられるほど余裕のないグスタフ王は、すぐに本題に入る。

「ヴェルンド！　その方がカープァ王国行きを希望していると聞いた。まことか？」

自国の王の問いに、老鍛冶師は面倒くさそうに一つ鼻を鳴らすと、

「いや、そんなことを言った覚えはないが？」

そう言って不思議そうに首を傾げるヴェルンドに、グスタフ王は安堵の声を漏らしかけるが、その前にヴェルンドは平然と続ける。

「希望などしておらん。儂はカープァ王国に行く。そう決めた」

老鍛冶師の言葉に、グスタフ王は頭を抱えて溜息を漏らす。

そうだ。この男はこういう男だった。

今さらながらそれを思い知らされたグスタフ王は、この時点で半ば諦めながらも、説得の言葉を口にする。

「勝手に決めるでない。我が国の重鎮が勝手に他国に籍を移すことを、私がやすやすと認めると思ったか」

「ああ？　貸しは随分溜まってるはずだ。その一括返済ということで、許してくれや、陛下」

「むう……」

そこを突かれると少し痛いグスタフ王である。ヴェルンドは、グスタフ王はもちろん前王の時代から、長らく王宮の筆頭鍛冶師として、その腕を振るってくれてきた。

戦果を挙げた戦士に対する褒賞や、諸外国との取引の目玉商品として、当代ヴェルンドの銘が入った武具は、強い存在感を放ち続けてくれた。

もちろん、それらは王家が『買い上げ』という形をとってはいるが、市場価格と比べれば良心の呵責を感じずにはいられないくらい安い値段であったことは事実だ。その辺りは『ヴェルンド』の名声が高まりすぎて、付加価値が天井知らずになっているせいもあるので、不当な取引と言い切るのもまた語弊があるのだが。

「いや、駄目だ。確かにその方には多大な借りがあることは事実だ。それを加味しても、『ヴェルンド』を外に出す理由にはならぬ」

「固えこと言うなよ。姫さん外に出すんだ。老い先短いジジイの一人くらいオマケでついていってもいいだろうよ」

「いいわけがなかろう。いくら何でも本人の我が儘で、ヴェルンドたる者を外に出すわけにはいかぬわ」

その言葉に、老鍛冶師は酸っぱいものでも口に入れたような表情を浮かべる。

「我が儘だけじゃねえけどよ。ここじゃ説明は出来ねえな」

そう言って、グスタフ王の周囲を固める腹心達に、遠慮のない「お前ら邪魔」という視線を向ける。

　グスタフ王はもう何度目になるか分からない溜息をつく。

「分かった。お前達、下がっていろ」

　グスタフ王にそう言われれば、周囲の腹心達に否はない。彼らもヴェルンドとは長い付き合いだ。王と二人きりにすることに、心配はない。逆によく知っているからこそ、こう言い出したヴェルンドは、自分達がいたら何が何でもその説明はしてくれないことも確信できる。

「はっ、では席を外します」

　側近達は、素直に退室していった。

　老鍛冶師と二人きりになったところで、グスタフ王は改めて尋ねる。

「これでいいだろう。話してもらうぞ」

「おう。気遣わせて悪いな、陛下。理由はちゃんとあるんだけどよ、ちと聞こえの悪いやつなんで、あんまり人の耳に入れたくねえんだわ」

　そう言ってヴェルンドはコキコキと首を鳴らした。

「…………」

　無言のまま促すグスタフ王に、ヴェルンドは少し寂しそうに笑うと、ひどく断定的に言う。

「率直に言ってよ、儂、邪魔だろ？」

老鍛冶師の言葉に、王はビクリと身体を震わせた。

意味が通じたと確信したヴェルンドは、遠慮なく言う。

「儂は鍛冶馬鹿だからよ。国際情勢だの、経済がどうしただのは分からねえ。けどな、鍛冶に関してだけは、情報収集だって怠ったことはねえ。最近は製鉄炉もすげえのが出来てるそうじゃねえか。送風に水車を使った炉。あれがあれば、製鉄量が飛躍的に増加する。それを見逃すほど、あんたもぼんくらじゃねえだろ。ていうか、まだ試験段階だけど、すでに造ってるよな？」

水車による送風を組み込んだ高炉は、今、北大陸に革命を起こしている技術の一つだ。水車送風式高炉の以前と以後で、年間の製鉄量には数十倍の開きが生まれると予測されている。まさに革命的な施設だ。

だが、それがヴェルンドは気に入らない。それも感情的な問題ではなく、技術的な問題でだ。

「大量の鉄が出来る。それは結構、結構なことだ。けど、そんなクソ鉄、儂は使わんぞ。剣も斧も盾も鎧も同じ鉄を使う？　鍛冶舐めてんのか、って話よ」

ヴェルンドは、極めて古いタイプの鍛冶師だ。仕事はまず、自分で窯用の石を集めたり、煉瓦（れんが）を焼いたりするところから始める。鉄鉱石も、若い頃は自分で山に行って掘っていたくらいだ。

年を取って体力の落ちた今は、流石に窯を組むのも力仕事は弟子に手伝わせるし、鉄鉱石も買い付けが主になっているが、それでも十把ひとからげに、ただ製鉄をするというような真似は絶対にしない。ヴェルンドに言わせれば、武器に向く鉄と防具に向く鉄は明確に異なるらしい。

だから、ヴェルンドは自信を持って言い放つ。

「儂は負けねえよ。断言できるね。儂が生きている間に、大型高炉の鉄で打った武具が、儂の作る武具の足元に及ぶ日はこねえとな。それに嘘もつかねえからな？　戦士達に、大型高炉で製鉄された武器はどうだ？　って聞かれたら、素直に答えるぜ。ありゃクソだってよ」

歴代ヴェルンドの中でも指折りと称される、当代ヴェルンドの影響力は馬鹿にならない。戦士達の間で大型高炉製の武具の信用はがた落ちするだろう。実際には、ヴェルンドから見て駄目なだけで、十分実戦使用に耐えられる武具なのだが、恐らくそこは伝わらない。

「それは承知の上だ。鉄を必要とするのは戦士の武具ばかりではない。世の発展具合を見れば、日常的な鉄の必要量はこれから飛躍的に上昇する。ならば、新型高炉で鉄を大量生産しつつ、戦士達の武具だけは今まで通りのやり方で作る。そのためにも、ヴェルンドは必要なのだ」

「この国じゃそれが無理なことは、鍛冶馬鹿の儂より王であるあんたの方がよっぽど分かってるんだろ？」

「……………」

いとも簡単に切って捨てるヴェルンドに、グスタフ王は反論の言葉を紡げなかった。ヴェルンドの言っていることが至極もっともだったからである。

ウップサーラ王国は決して大国ではない。経済力では中堅国、総人口に至っては中堅国の中でも小国に近い規模だ。当然、鍛冶師の人数も中堅国相当だ。

そんな国が、北大陸でも最先端の水車送風式大型高炉を導入する。当然、そこには国が傾くほどの資産と人材をつぎ込むことになる。この場合、門外漢を数合わせに投入してもあまり意味がないため、中核をなす人材は鍛冶師だ。

必然的に、これまでのやり方を続ける鍛冶師の数は激減する。当然、今までのやり方で生産される武具の数も減少するだろう。国内の戦士の数が変わらない以上、今までと同じ武具は、戦士の中でも一部の人間しか手に入れられなくなる。

「ついでに言えばよ、陛下の立場からしてみれば、若くて腕の良い鍛冶師にこそ、新型炉に回って欲しいんじゃねえか？　お、その顔からすると図星みてえだな。それじゃ腕に自負のある奴はへそ曲げるぜ」

ウップサーラ王国は、良くも悪くも戦士の国だ。価値観において戦士がどうしても上位に来る。そのため、戦士が昔ながらの鍛冶師が作る武器を望み、新型炉で作られる武器をハズレ扱いするとなれば、どうしても昔ながらの鍛冶師が上で、新型炉に携わる鍛冶師が下に見られることになる。

「それじゃまずいんだろ？　だったらよ、儂らみたいな古い技術にこだわる奴らはいったんすっぱり諦めた方がいいって。金だって足りねえんだろ？」

今まで通り古いタイプの鍛冶師も王家が囲いながら、新型炉の開発も行う。それを両立できるほど、ウップサーラ王国の財政は豊かではない。

大陸間航行船の開発、製造技術の確立、そして『死せる戦士の爪号』『黄金の木の葉号』の二隻の製造は、ウップサーラ王国の財政に重い負担を掛けている。

ウップサーラ王国にとって大陸間貿易は、乾坤一擲とまではいかなくとも、失敗すれば大きく国が傾くくらいには大きな勝負なのだ。その大勝負の最中に、水車送風式大型高炉の開発も行い、なおかつ古いタイプの鍛冶師も今までと同じ待遇で囲い続けるというのは、確かにウップサーラ王家には荷が重い。

「……どうしろというのだ？」

苦しそうな表情のグスタフ王だが、その問いかけがすでにヴェルンドの言を認めているようなものだった。

「なに、難しいことはないさ。以後、王国のお抱え鍛冶師は全員その新型高炉に回せばいい。それが嫌だという鍛冶師は、市井に降りてもらえよ。たとえ『ヴェルンド』の銘を持つ鍛冶師でもな」

「貴様……」

ニイっと笑うヴェルンドに、グスタフ王は眉間にシワを寄せる。

「それでは、鍛冶師は無論のこと、昔ながらの武具を求める戦士達からも強烈な反発が起きる」

「そこは王様の手腕だろ。儂は新型炉には、その反発を上回るだけの価値があると思うがね」

「意外だな。お前は、新型炉を嫌っているのだと思っていた」

王の言葉に、ヴェルンドは鼻を鳴らす。

「嫌ってるぜ。ああ、嫌ってるさ。自分が新型炉に携わるなんて冗談じゃねえ、って思うくらいにな。けど、忌々しいがその生産量には、逆立ちしても勝てねえことは認めざるを得ねえ。そして、鉄ってのは質以上に量が求められることも、理解してるつもりだ」

「ヴェルンド……」

ヴェルンドの言葉に、グスタフ王は自分がこの老鍛冶師の覚悟を見誤っていたことを、悟らざるを得なかった。

ヴェルンドは製鉄と鍛冶にしか興味のない、生粋の鍛冶師だ。だが、その鉄を通して時代の流れを感じ取り、自分の技が過去のものになることを理解している。より正確に言えば、その技術を過去のものとしない国は、今の時代の潮流から取り残されることを、だ。

その思い、その考え、その決意を端的に言い表した言葉が、「儂、邪魔だろ?」だったのだ。

水車送風式大型高炉を取り入れなければ、国の未来は暗い。ヴェルンドの力量と名声は、その流れをせき止めることが可能なほどの大きさだ。だから、自分が去る。

「そこまでの覚悟か」

王の言葉に、老鍛冶師はニヤリと笑う。何となく、その笑い顔に既視感を覚えたグスタフ王は、少し考え、思い至った。

その笑い顔は、『黄金の木の葉号』の船長位を獲得した時の娘、フレア姫の笑顔と重なるのだ。

「そこまで言うならば、認めないわけにもいかぬだろう。ただし、一つだけ素直に答えよ。偽れば、何があっても国外移動は認めぬ」

「おう」

「お前が、カープァ王国に行きたい、本当の理由は何だ？」

「あ？　今言った通りだよ。何だよ、儂が嘘言っているっていうのか？」

心外そうに怒ってみせるヴェルンドだが、付き合いの長いグスタフ王には、その怒りがごまかしのための見せかけであることが簡単に見て取れる。

「そうは言っておらん。先ほど述べた理由も嘘ではないだろう。本当の理由という言い方がまずいのならば、言い換えよう。『一番の理由』を聞かせろ」

「ぐっ……」

王にじっとりと睨まれて、ヴェルンドは居心地が悪そうに、視線を右に左に泳がせた。

その後、一つ大きな溜息をついた老鍛冶師は、観念したように口を開く。

「南大陸には竜がいるんだよ。流石に『教会』の奴らがアホみたいに崇めてる、知恵ある古代竜は見つかってねえらしいけど、普通の竜はうんざりするくらいにいるらしい。強力な竜種の縄張りになっているせいで、その地には国が手出しできないような、そんな竜がゴロゴロいるんだ」

「それで？」

「竜がいて、戦士がいるなら、そこは『竜殺し』だろ。俺のこの手で、『竜殺し』の武具を鍛えるんだ。人生最後の目標として、これより上はちょっとねえだろ」

そう言うヴェルンドの笑みは、ギラギラに輝いていた。

「はあ……」

老鍛治師の答えに、グスタフ王は溜息をつきつつ、内心で納得と安堵の感情を覚えていた。

いかにもヴェルンドらしい、そして非常に前向きな理由だ。

「お前なら、どこでも生きていけそうだな」

投げやりに聞こえるその言葉は、事実上の出国許可であった。

数日後。その時は思ったよりも早く来た。
森の中。泥や落ち葉でわざと汚した毛皮を頭から被って身を隠していた善治郎は、それを視界に捉えていた。
崖近くに善治郎がまいた多数のドングリ。それを一心不乱に貪っているのは、大きなイノシシである。
「どうしますか、ゼンジロウ陛下。正直、厄介な相手ですが」

隣で善治郎同様うつ伏せになっている、護衛戦士のヴィクトルの言葉に、善治郎は少し考える。

イノシシは手強い。かなり草食寄りの雑食動物なのだが、身体が大きくその性質は下手な熊などより攻撃的だ。逃げる時は逃げるが、攻撃する時は恐ろしく躊躇（ちゅうちょ）なく向かってくる。その二本の牙を伴った突進は、人間にとって十分な死因となる。最悪なのが、真っ直ぐ突撃してくると、その牙が太ももの大動脈を突き破る可能性が非常に高いことだ。現代日本でも人里離れた所で太ももの大動脈が破れれば、助からない可能性が高い。ましてや、医学に期待できないこの世界では、失血死を覚悟した方がいいだろう。

「やはり、ドングリはまずかったかな」

今更ながら善治郎はそう呟く。ドングリは善治郎が狙っていた鹿やトナカイも食べるが、イノシシや熊の好物でもある。まき餌にドングリを選んだ時点でこうなる可能性が高いことは、事前にヴィクトルから念を押されていた。

「どうでしょうね。ドングリを選んだのは間違った判断じゃないと思いますよ。苔や新芽じゃ、こうはいかなかったでしょう」

反省する善治郎を慰めるように、ヴィクトルはそう言った。その言葉に嘘はない。

この時期芽生えるある種の苔や新芽は、鹿やトナカイが好んで食べる反面、イノシシや熊があまり食べないことは確かだ。しかし、そうした餌はドングリと比べると扱いが非常に難しいのだという。

直接手で持つのはもちろん、十分に気をつけていたつもりでも、人体や鉄の匂いがつき、獲物を警戒させてしまう。また、ドングリと違い苔や新芽は生きているため、素人が剥ぎ取って場所を移せばすぐに枯れてしまい、まき餌としての効力が著しく低下してしまうのも難点だ。

つまり、ドングリという選択肢は、扱うのが素人の善治郎と考えた場合、最良の選択肢であったことは間違いないのだ。問題は、危険な動物もおびき寄せてしまうという弊害があることと、その弊害が、今まさにドンピシャリと現実になってしまったことであった。

だが、善治郎は改めて考える。攻撃的なイノシシは確かに危険も多いが、むしろこちらに向かってくる可能性が高い分、鹿やトナカイよりも逃げられる可能性は低い。身の危険はあるが、危なくなる前に、護衛の戦士達が対処してくれる手はずになっている。

その場合『成人の証』は一度失敗となり、約束通りエリク王子を連れ戻さなければならないのが少々問題だが、前回の一時帰国で、エリク王子がすでにフレア姫の側室入りを認めてくれていることが判明している。

少々楽観的かも知れないが、護衛戦士達の忠誠の対象であるエリク王子が、自分とフレア姫の結婚を認めてくれた後ならば、エリク王子が南大陸にいる状態——人質に取られた状態が解除されても、護衛の戦士達はその任務を忠実に遂行してくれることだろう。

「ふう……よしっ、行く」

最後に一つ大きく息を吐いた善治郎は、覚悟を決めて、立ち上がる。

「ご武運を」

「気をつけて下さい」

「ヤバくなったらすぐに助けに入りますからね」

「これで仕留めて下さいや」

「もう、帰りてえ」

護衛の戦士達も、善治郎に続いて立ち上がる。善治郎の近くに立つだけで『獣の退路を断つ』手伝いになってしまうが、イノシシの突進速度を考えれば、このくらいの距離にいなければいざという時護衛の役割を果たせない。

善治郎と五人の護衛、合わせて六人の人間が立ち上がれば、多少距離があってもイノシシが気づかないはずがない。

「フウ、フッフッフッフウウウ！」

一心不乱にまき餌のドングリを貪っていたイノシシは、明確に視線をこちらに向けて、好戦的な鼻息を漏らす。

「気をつけて、すぐ来ます！」

ヴィクトルが警告の声を飛ばす。

その言葉通り、イノシシは躊躇なくこちらに向かって突進してきた。猪突(ちょとつ)猛進。そんな言葉が善治郎の脳裏をよぎる。

覚悟はすでに決めている。この場でやるべきことも、決まっている。練習も繰り返してきた。それでも、いざ本番は逃げ出したいくらいの恐怖に駆られる。足が震え、手が震え、喉が渇いて、声を出すのにも気力を振り絞らなければならないほどだ。

だが、どうにかその恐怖に打ち勝つと、善治郎は『腕輪』をはめた右の手の平を、迫りくるイノシシに向けて開き、魔法語で一言呟いた。


『退け』


次の瞬間、善治郎からイノシシに向けて、とてつもない突風が吹きつける。

そのイノシシの体重は百五十キロほどはあろう。突進時の速度は時速四十キロを超えるという。

だが、善治郎の右手首にはめられた魔道具『風の鉄槌』が放つ突風は、走竜に乗った騎兵すら押し返すという触れ込みだ。その風圧の前には、イノシシの体躯も塵芥(ちりあくた)に等しかった。

「ブモッ!?」

突進中に真正面から突風を受けたイノシシは、後輪走行に失敗したオートバイのように見事に縦に半回転した。ドスンと重い音を立てて、イノシシは背中から落ちる。落ちた場所は先ほどまでイノシシが走っていた場所より数メートル後方。今の一瞬で、イノシシの巨体がそれほど後ろに押し戻されたのだ。

いける。実戦での魔道具発動に成功した善治郎は、緊張がほぐれて手足の震えが止まった。

イノシシが起き上がる前に、善治郎は小走りで距離を詰めると、再び右手の平をイノシシに向けて、魔道具を発動させる。

『退け』

「ブモオオウ！」

まだ立ち上がってもいなかったイノシシは、今度は十メートル以上後ろに下がる。もう、崖がすぐそこだ。

「ブモ、ブモ、ブモ！」

命の危機を察したイノシシが悲痛な声を上げるが、イノシシが体勢を立て直すより、善治郎が距離を詰める方が早い。

『退け』

「ブモウゥゥゥゥゥ……！」

三度目の突風が、イノシシの巨体を見事、思惑通りに崖下へと突き落としたのだった。

「………」

一連の行動を、少し後ろで結末まで見ていた護衛の戦士達は、揃って言葉と顔色を失っていた。

「何だよ、あれ？」

若い護衛戦士の声には、明確な恐怖の色がにじんでいる。だが、それも無理はあるまい。戦士であれば、今の現象が何を意味するか分かるのだ。

わずか一言で発動する突風。それも、突進するイノシシを数メートルも後ろに押し返すほどの突風だ。耐えられる人間はいまい。しかも今、善治郎は三連発した。三連発が限界である保証もない。最大は何連発できるのか？　十連発、五十連発、もしかすると百連発。

いずれにせよはっきりと分かっていることは一つ。この場にいる誰も、真正面からの一対一で、今の攻撃を攻略できる者はいないということだ。

イノシシが宙に舞い上がるほどの突風。それをどうにかできる人間などいやしない。接近できなければ、体格も、腕力も、剣や槍の技術も何の意味も持たない。さらに、どれほどの強弓から放たれた矢でも、今の風に逆らって飛ぶことは不可能だろう。

つまり、善治郎を仕留めようと思えば、善治郎が魔道具を使う間もないように、不意打ちで仕留めるしかないということになる。それは、弱者が強者を仕留める時のやり方である。

「魔法ってあんなことが出来るものなのか？」

「スカジ様だって無理だろ、あれは」

「あれが南大陸の王族……。『南魔北技』か」

南大陸に比べて魔法を軽視する傾向のある北大陸だが、それは比較論における軽視であって、無視ではない。王族の腹心レベルの戦士ならば、自身が使えるか否かは別として魔法の知識とその対処方法については明るい。

しかし、それはあくまで北大陸の基準での話だ。

付与魔法の存在を知らない護衛戦士達は、今の突風の連発が善治郎自身の力によるものだと勘違いしていた。

その評価は、善治郎の能力を過大評価しているともいえるし、『風の鉄槌』を常時身に着けている今の善治郎を正しく評価しているともいえる。

どちらにせよ、最も善治郎に反発していた若い護衛戦士も含めて、全員が完全に善治郎を見る目を一変させていた。

無事『風の鉄槌』の力により、イノシシを谷底に突き落とすことに成功した善治郎であったが、本当の試練は、その後に待ち構えていた。

『成人の証』とはその名の通り、これを成し遂げられれば成人、自立した一人の男と見なされる証である。そのため『成人の証』では、獣を倒す強さと同時に、生きていく糧を得られる生活力も示さなければならない。

つまり、イノシシを倒した時点で終了するのではなく、そのイノシシの死体から食料となる肉か、換金可能な部位を剥ぎ取り、人里まで持ち帰った時点で初めて『成人の証』を立てたと言えるのだ。

必然的に善治郎は、イノシシを突き落とした谷底へと足を踏み入れざるを得ないのだった。

『成人の証』を立てるためには、移動も全て自分の手と足で行わなければならない。そのため、しっかりと根を張った木にロープを結び付け、命綱とする作業も、あくまで善治郎が一人でやらなければならない。

もちろん、ヴィクトルをはじめとした護衛戦士達が微に入り細に入り指導してくれたが、「その縛り方ではすぐにほどけます」とか「そこからロープを下ろすとあそこの岩に擦れて途中で切れます」などと、非常に心臓に悪い警告をしてくれるため、善治郎は寒さとは別な理由でカチカチと歯を打ち鳴らしていた。

それでも、護衛戦士達の数十倍の時間をかけて、どうにか「それなら大丈夫でしょう」というお墨付きをもらった善治郎は、正直その時点で『終わった』気分になっていた。もちろんそれで終わりなどという甘い話ではない。

「それでは、先行して二人が下ります。下に下りた二人が合図をしたら、ゼンジロウ陛下が下りて下さい。上は残り三人で守っておりますので」

ヴィクトルの言葉に、善治郎も覚悟を決めて首肯する。

「わ、分かった。よろしく頼んだぞ」

善治郎の言葉を受けて、護衛戦士のうち二人が、もうとっくに結び終えていた自分達のロープを使い、スルスルと谷底へと下りていく。善治郎からすれば目が眩むほどの高さなのだが、彼らにとっては緊張するほどの行為ではないらしい。

あっという間に谷底に着いた二人の護衛戦士は、しばらく周囲を確認していたが、やがてこちらに向かって大きく手を回した。

次は善治郎の番だ。それは分かっていても、すぐに動き出せるほど善治郎は度胸がよくない。

「ゼンジロウ陛下。せかすわけではございませんが、あまり時間をかけると仕留めたイノシシの臭いを嗅ぎつけた肉食獣が寄ってきます」

だが、ヴィクトルのそんな助言に背中を押され、善治郎も覚悟を決める。

「分かった。行く」

覚悟を決めた善治郎は自ら結んだロープを両手でつかむと、谷底へと足を踏み出すのだった。


それからの数十分は、善治郎にとって、最も命の危険を感じた時間であった。

垂らしたロープを伝わり、谷底へと下りる。もちろん、善治郎の握力で自重を何十分も支えられるはずもないため、事前の準備はしっかりしている。女戦士スカジに相談して、初心者がロープを伝わり下りる時補助具として使われるという、金具を用意してきた。それは左右一対になっており、両手首に一つずつ通し、その後ロープに通して使う。

見た目は、解いてしまった知恵の輪を連想させる。その金具はてこの原理が働いて締まり、弱い握力でも強くロープに絡まる。さらにロープには、おおよそ二メートル刻みで大きな結び目が作られており、万が一途中で善治郎が力尽きても、その結び目に金具が引っかかり、落下が止まるようになっている。その分、結び目を越えるのに一工夫がいるため面倒だが、命には代えられない。

そんな入念な事前準備のおかげもあり、善治郎は無事、両足を谷底の地面につけることに成功したのだった。代償として、革手袋の下の両手の平は、軽く血がにじむくらいに赤くなったが。

「はあ、はあ、はあ、はあ……平らな地面に両足がつくって素晴らしいな……」

恥も外聞もなく、平たい石の上に尻を下ろして、善治郎は荒い息をつく。全身は汗でぐっしょりだが、その内側は緊張と恐怖でキンキンに冷えきっている。

「それにしても、こうして見るとものが違うな」

そう呟く善治郎が見上げているのは、残り三人の護衛戦士達がロープを使って下りてくる様である。善治郎と比較するのも失礼な技量だ。

三人の護衛戦士達は、スルスルと全く危なげない動きで、あっという間に下りてきた。善治郎にとっては比喩抜きで命がけのロープ下りも、彼らにとってはちょっと気をつけなければならない作業程度でしかない。

最後に下りてきたヴィクトルは、とんと軽い足取りで着地すると、自然な動作で命綱をほどき、善治郎の元へと歩み寄る。

「ゼンジロウ陛下。上でも申し上げた通り、あまり時間をかけすぎますと、イノシシの死体の臭いを狼や熊が嗅ぎつけます。獲物を守るのも『成人の証』の一環になりますので、我々は忠告できても、お手伝いは出来かねますので」

言いながら、ヴィクトルは内心では、善治郎にはあまり必要のない警告だとも思っていた。先ほどの突風を連続して放てるならば、熊も狼の群れも、仕留めることは出来なくとも追い払うことは容易だ。

そんなヴィクトルの評価とは裏腹に、善治郎にとってそれは非常にためになる指摘だった。確かに『風の鉄槌』を使えば狼や熊でも追い払えるだろうが、好きこのんで飢えた肉食獣と獲物の取り合いをしたいとは思わない。

「分かった、すぐ向かう。解体に関しても私は素人だ。助言を頼む」

そう言うと、善治郎は残り少ない気力を振り絞り、腰を上げるのだった。

イノシシは幸いにしてすでに息絶えていた。野生の動物の生命力はすさまじく、あの高さから転がり落ちても、即死しない可能性もあったのだという。その場合、善治郎が自分の手でとどめを刺す必要があった。断末魔の一暴れが一番危険という説もあるくらいだ。物理的な危険という意味でも、心理的な嫌悪という意味でも、それをやらずに済んだのは幸いというしかない。あとはそのイノシシから、食用となる肉か、換金可能な部位を採取すればよい。言うのは簡単だが、素人にとっては大変な難事である。

ヴィクトルが最初にしたアドバイスは「毛皮は諦めて下さい」というものだった。

北方諸国にすむイノシシの毛皮は丈夫で、防具や靴の素材として重宝するのだが、素人が傷を付けずに剥ぎ取ることは難しい。

どのみち、イノシシ一頭を丸ごと持ち帰ることなど不可能なのだ。ならば、『成人の証』として認められる部位だけにターゲットを絞った方が良い。ヴィクトルのアドバイスから、善治郎は後ろ脚一本と両牙にターゲットを絞ることにした。

「脚だけを外すなら、周りの毛皮にナイフで二重にぐるっと切れ目を入れて剥ぐと良いです。はいそうです。軟骨はノコギリを使った方が良いでしょうね。骨そのものを折るのは難しいですから、苦労してでも関節を外すようにして下さい。手を突っ込めば感触で分かるはずです。ぐっと引っ込んでいるところです。そこにノコの刃を当てて引いて下さい」

「う……ぐっ、うぐっ！」

善治郎は間違っても鼻で息をしないように、口を半開きにしながら、文字通り血みどろになってイノシシの死体と格闘する。獣臭と血臭が辺りに充満し、一度でも鼻で呼吸をしてしまったら、嘔吐(おうと)は避けられない。

護衛戦士達に言わせれば、これでも通常の解体作業よりも圧倒的に臭気は薄いのだという。

このイノシシは『成人の証』のため、善治郎以外の人間は手出しが出来ない。善治郎一人で、推定百五十キロ以上のイノシシを吊るして血抜きできるはずもない。そのため、ヴィクトルのアドバイスで、イノシシの首裏や背中の動脈を大きく切って仰向けにして、四肢から最低限の血を抜いただけで解体作業に移行しているのだ。

通常は、もっと強い血臭に包まれるし、間違って内臓を破いてしまった時などは、慣れている猟師でも嘔吐せずにはいられないほどに臭いらしい。

春先という季節も非常に幸運だった。これが夏ならば、いくら涼しいウップサーラ王国の夏でも死体の傷みは早まるし、冬ならばこのくらい時間が経っていれば死体の凍結が始まり、非力な素人である善治郎がナイフを突き立てても、歯が立たないくらいに固まっていたことだろう。

その後、善治郎の、イノシシの死体相手の格闘は小一時間に及んだ。善治郎からしてみれば、生きていた頃よりも何倍も手強い。血と脂でギトギトになったナイフを何度も研ぎ直し、どうにか後ろ脚一本と、牙二本を取り外した善治郎は、すでに鼻が馬鹿になっていたこともあり、思い切り安堵の息をつくのだった。

「おめでとうございます、ゼンジロウ陛下。見事な大イノシシの牙ですね。これならば、間違いなく『成人の証』として認められるでしょう」

ヴィクトルの祝いの言葉に続いて、残り四人の護衛戦士達も「おめでとうございます」と喜色を隠さず、善治郎を褒め称える。

その根底に「これでやっと帰れる」という利己的な思いがあることも間違いないが、当初と違い、そこには純粋に善治郎の遂げた成果を祝い、称える気持ちも間違いなく存在していた。

見たこともない強烈な風の魔法を使いイノシシを仕留め、全くの素人が恐怖に打ち勝ち、自力で谷底に下り、血と獣の脂でドロドロになりながら、見事『成人の証』を勝ち取ったのだ。彼らの価値観では、評価が変わるのは当然と言える。

空気が変わったことは善治郎にも感じ取れた。『成人の証』を立てることに成功したという解放感もあって、何だかんだ言いつつもここまで自分を守ってくれた護衛戦士達に感謝の念を示す。

「随分時間がかかってしまったが、お前達のおかげで無事『成人の証』を立てることが出来た。礼を言う。その礼というのも何だが、私が持ち帰れない残りのイノシシの部位はそっちで好きにしてくれ」

「ありがとうございます！」

「久しぶりにがっつり肉が食える！」

気前の良い善治郎の言葉に、護衛戦士達は喜色を強める。善治郎が牙と脚を取り外すのに時間をかけすぎたため、今から下処理をしても良い結果は望めないが、それでも少しでもマシにするために、護衛戦士達はテキパキと解体処理に取りかかる。

多少血抜きに失敗していても、イノシシ肉は一ヶ月以上森暮らしを強いられた護衛戦士達にとってはご馳走（ちそう）だ。

喜び勇んで護衛戦士達がイノシシの解体を行っている間に、善治郎は大事な『成人の証』である二本の牙と一本の脚を細いロープで縛り、背負って持ち運べるようにする。

牙二本と脚一本でも、善治郎にとっては十分に重い。肩に食い込む革紐（かわひも）の感触が気になって『瞬間移動』の発動に失敗しそうな懸念があるほどだ。

善治郎は少しでも荷を軽くするため、もう必要のないものを置いていくことにする。

「ヴィクトル。私の荷物は置いていくから、使えるものがあれば遠慮なく使ってくれ」

善治郎にとって絶対に持ち帰らなければならないのは『風の鉄槌』の魔道具と『瞬間移動』の魔道具ぐらいのものだ。それ以外は、置いていく。

その中には、水袋や塩、まだ食べていない今日の昼食用のパンなども含まれている。善治郎にとってはただの重しだが、この後徒歩で十日以上かけて帰還しなければならない護衛戦士達にとっては貴重な物資だ。

「ありがたく、使わせていただきます」

ヴィクトルが代表して礼を言って受け取る。その間にも、残りの四人は解体作業の手を止めない。ひとまず、一通りの作業を終えたのを見て取り、善治郎は別れの声をかける。

「それでは、私はこれで帰還する。皆には世話になった。お前達の働きには十分満足したと、必ずエリク殿下にお伝えしよう」

エリク王子の腹心である護衛戦士達にとってそれは、心情的にも実利的にも万金に勝る褒賞である。善治郎がそう告げれば、エリク王子がこの五人の護衛戦士達に高い評価を与えることは間違いない。

「ありがとうございます、ゼンジロウ陛下」

「最高の褒め言葉です」

「その言葉で、全ての苦労が報われました」

「こちらこそ、ありがとうございました」

「よ、よろしくお伝え下さい！」

全身で喜色を表す護衛戦士達に見守られながら、善治郎は『瞬間移動』の魔法で広輝宮へと帰還を果たすのだった。

善治郎が無事『成人の証』を立てることに成功していた頃、広輝宮の主であるグスタフ王は、連続して襲撃してきた問題の数々に、胃と心臓と頭を痛めていた。
まず、最も大きな問題であり、同時にウップサーラ王国にとっては最も影響の少ない問題が、共和国と『騎士団』の間で戦争が始まり、予想より早く終結した、という報告であった。
その報告を持ってきた使いの者に、グスタフ王は厳しい目を向けて問いかける。
「『騎士団』と共和国の戦いはひとまず共和国の勝利に終わった、か。場所はタンネンヴアルトで間違いないのだな？」

「はっ、間違いございません。『騎士団』がおよそ二万五千。共和国がおおよそ二万八千。タンネンヴァルトの地にて激突した模様です」

海の向こうでは、伝書バトを飛ばすわけにもいかない。現場を見た間諜（かんちょう）が書面をしたため、船で待つ連絡係に渡しているのだ。当然、情報にはかなり大きなタイムラグが発生する。グスタフ王は改めて、報告書に目を通しながら、考えをまとめるように独り言を口にする。

「勝利の程度、敗北の程度が分からなければこちらとしては動きようがないが、ひとまず最悪の未来は避けられたようだな」

最悪の未来とは言うまでもなく、『騎士団』が大勝することである。万年雪で閉ざされた山脈で遮られているとはいえ、ウップサーラ王国がある北部地方と、『騎士団』領は隣接している。宗教的に強硬な姿勢を崩さない『騎士団』が強大化することは、北大陸における少数派である精霊信仰国のウップサーラ王国としては、望ましいことではない。

あまり情報の多くない報告書に目を通しながら、グスタフ王は首を傾げる。

「しかし、乾坤一擲の大勝負の割には、両陣営とも予想より兵力が少ないな。共和国は仕掛けられた立場だ。国土の広さも災いして、兵力を集めきれないのは理解できるが、『騎士団』は仕掛ける側だろう」

ひょっとして、アンナ王女にはめられたフレア姫の動きが影響しているのだろうか？

一度『騎士団』領の湾岸部にも偵察を出した方が良いかも知れない。もし、湾岸部の防衛に『騎士団』が戦力を割いているようならば、後日共和国には高く恩を売ってやる。

グスタフ王は内心でそんなことを考える。

「張り付けている間諜に余剰人員はあるか？　あるならば、一人でもいいから『騎士団』領湾岸部に送れ」

北大陸西部でも特に大きな勢力同士の全面対決。単純な勝敗だけでなく、勝ち方、負け方、その決着によってどのような賠償が支払われるか。それ次第で、北大陸西部の情勢は大きく動く。世の趨勢（すうせい）を占う意味では、情報収集を怠ることは出来ないが、同時に今のウップサーラ王国の立場では、情報収集以上のことが出来ないのも確かだ。

「下がってよい」

「はっ、失礼します」

使いの者が下がったのを確認すると、グスタフ王は大きく頭を振って、意識を切り替えた。一つの問題にかかりきりでいられるほど、王という立場は生易しいものではない。他にも考えるべきことはいくつもある。

グスタフ王は、テーブルの上に載せられている、二つの道具に視線を向けた。

二つの石を長い鎖でつないだものと、万力と金属製のカップがくっついたもの。『真水化』の魔道具と、『不動火球』の魔道具である。さらに、フレア姫、女戦士スカジ、そしてマグヌス副長らの証言によると、『黄金の木の葉号』には『凪の海』という魔道具もあるという。

「『付与魔法』で作られた魔道具か。またとんでもない話を持ち込んでくれたものだ」

グスタフ王は頭を抱える。この問題ばかりは、誰にも相談できない。『白の帝国』に関する伝承は、ウップサーラ歴代王に伝わる口伝。隣国の王位継承権も持っているエリク第一王子はもちろんのこと、次期国王有力候補ではあっても、次期国王に決定しているわけではないユングヴィ第二王子にも、現時点では打ち明けることは出来ない。

「シャロワ・ジルベール双王国。『付与魔法』と『治癒魔法』だと？　家名は違うが、『白の帝国』のシュレポフ第四王家と、ジェミチェフ第十王家と同じ血統魔法ではないか」

しかもシャロワ・ジルベール双王国の王族は南大陸人ではなく、北大陸の移民が築いた国家だという。あまりに符合しすぎる情報に、グスタフ王は溜息が止まらない。

歴代王に伝わる口伝で『白の帝国』が過去に実在したことを知っている、グスタフ王だからこその悩みだ。だが、ウップサーラ王に伝わる口伝もさほど詳しいものではない。白の帝国の一部が南大陸に逃げ延びた、という説が、事実であるか否かというところは伝わっていない。

そうなると、双王国が『白の帝国』の子孫であるかどうか、判断をすることは難しい。それ以上詳しいことを調べようと思えば、ウトガルズと連絡を取るしかないのだが、それは本当に最後の手段にしたいところだ。

グスタフ王は考えをまとめるため、あえて思考を言葉にする。

「そう考えると、フレアの懸念と判断は、一般的なものだな」

フレア姫は、言った。「『白の帝国』はただのおとぎ話ですが、それを足掛かりに『教会』が干渉してくることを懸念します。その懸念を踏まえた上でもなお、シャロワ・ジルベール双王国との取引は魅力的です」と。

『白の帝国』が実在しないただのおとぎ話だという世間一般の知識で考えれば、フレア姫はむしろ、冷静に的確な判断を下していたと言える。

「実際、これは魅力的だ」

グスタフ王は、指先で『不動火球』の魔道具をつつく。王都ウップサーラに隣接するメーター湖は、残念ながら冬になると大部分が凍結するが、ログフォート港に代表される、ウップサーラ王国国土に接している海は真冬でも凍結しない。そのため、数は圧倒的に減るが、冬でも船の行き来はゼロにはならない。

海流の関係で海が凍らないだけで、冬のウップサーラは寒い。防寒を怠れば即座に命に関わるレベルの寒さだ。その船上で、わずかでも安全に使える火があるというのは、非常に大きい。さらに『真水化』の魔道具が、長期航海においてどれほど大きな役割を果たすかは、言うまでもあるまい。

「『教会』の奴らが魔道具にどのような反応を示すか。ゼンジロウ陛下が所有している魔道具を、彼らが見た時の反応を聞いてから結論を出したいところなのだが、恐らくは無駄な足掻きだろうな」

諦めにも似たグスタフ王の言葉には、二つの根拠がある。

一つは、『黄金の木の葉号』に『凪の海』という、隠すのが難しい大きな力を持った魔道具が備え付けられてしまっていること。これを諸外国から隠し通すことは難しい。しかし、取り外すのはもっと難しい。航海の安全にあまりに大きく寄与するからだ。それを取り外せと命じれば、『黄金の木の葉号』の船員達から強い反発があるだろうことは、想像に難くない。命がけの長期航海船から、安全に寄与する魔道具を政治判断で取り外すのは、不可能とまでは言わずとも、相当な摩擦が生じることは確かだ。

二つ目はもっと簡単で、ウップサーラ王国とカープァ王国の間で大陸間貿易を行うことはすでに決定事項だからだ。カープァ王国にとってシャロワ・ジルベール双王国は、カープァ王宮に双王国の王子・王女を滞在させ、今回の北大陸行きに双王国の非公式使者を同行させるくらいには親密な関係らしい。

となれば、ウップサーラ王国としても、「カープァ王国とは王族同士が婚姻を結んだ友好国だが、シャロワ・ジルベール双王国とは疎遠」という外交は難しい。ただでさえ『教会』勢力から見ればこちらは、同じ精霊信仰国という共通項があるのだ。同類として一緒くたに『敵』のカテゴリーに入れられる可能性が高い。

その敵認定を外させようとしたら、相当不利な外交的譲歩を強いられることになるだろう。

「ユングヴィへの王位継承、早まるかも知れんな」

ユングヴィ第二王子は、『教会』勢力と敵対することに躊躇がない。無論それは全面戦争を仕掛けるという意味ではなく、『教会』勢力との摩擦を起こさないことを軸に置いた弱腰外交を取らない、という意味だ。

どのみち、『教会』勢力と敵対せずにはいられないなら、腹の座っているユングヴィ王子の方が玉座の主として相応しいかも知れない。幸い、グスタフ王とユングヴィ第二王子の親子仲は良好だ。ユングヴィ王子が玉座についた後でも、グスタフ王が前王として『助言』することは可能だ。

「カープァ王国との大陸間貿易。外交的な友好国、非友好国の切り替え。現状の鍛冶師から水車送風式大型高炉への転換。全ての切り替えを王の交代に合わせれば、混乱は最小限に収められる、か？」

一考の余地はあると、グスタフ王は考える。ユングヴィ王子の価値観からして、新型炉への大規模転換には反対はすまい。新たな貿易、新たな外交、新たな技術への乗り換え。それらをユングヴィ王子の主導だということにすれば、古い外交ルートや古いやり方の鍛冶師については、王位を退いたグスタフ王が、細々と維持することが出来る。王位を退けば、権力も自由に出来る資産も激減するため、グスタフ王が拾い上げられるのはごく一部に限られるが、それでも全てを切り捨てるよりは良い。

一つの国の中で、外交の転換においても技術革新においても、賛成者と反対者がいるのはよくあることだ。特に外交においては、時勢の読みが外れた時に備えて、国の表向きの外交とは反対の態度を取る者を日陰者として用意しておくことはよくある。そして、時勢がひっくり返った時には、今まで表にいた者を日陰者にして、日陰者を表舞台に出して、早急に外交の方向転換を図るのだ。

「しかしまあ、ご本人はのんびりしているのに、激流をもたらす御仁だな、ゼンジロウ陛下は」

グスタフ王は、苦笑交じりに溜息を漏らすのだった。

善治郎の帰還。それ自体は珍しいことではない。カープァ王国にバッテリー充電のため

直接飛んだ一日を除けば、善治郎は毎日森と広輝宮の間を『瞬間移動』で行ったり来たりしているのだ。日課と言ってもよい。

だが、いつもは夕方近くに帰還するはずの善治郎が昼前に帰還し、しかもその背中には立派なイノシシの牙二本と脚一本を背負っているとなると話は別だ。

ついに善治郎が『成人の証』を立てた。その朗報は瞬く間に、広輝宮全体に広まったのだった。


帰還した善治郎は、『成人の証』であるイノシシの牙二本と脚一本を預けると、蒸気風呂で身体を温めながら、汚れを落とした。

やり遂げたという達成感のおかげで高揚している反面、緊張の糸が切れたことでドッと身体が疲労を思い出す。蒸気風呂から出た善治郎は、あてがわれた自室で部屋着姿になりソファーに身体を投げ出して身を休める。

「ゆっくり休みたい」

思わず口から出た言葉に反応したのは、後ろに控えていた侍女イネスの穏やかな声だ。

「『成人の証』を立てることに成功したのですから、ゼンジロウ様はエリク殿下をお迎えするため、カープァ王国に帰国なさるのでしょう。せっかくですからあちらで一日二日、お休みしてきたらいかがですか？」

侍女イネスの提案は、疲労を自覚してしまった善治郎にはすごく魅力的に響く。

「そうだな。そのくらいの休みはもらってもいいか」

正直言えば、今の善治郎は心底疲れていた。『風の鉄槌』という魔道具の助けを借りたとはいえ、イノシシを一頭仕留めて、崖下まで下りて、解体の真似事までしたのだ。

明確に殺気をもってこちらに突進してきたイノシシ。途中でロープが切れれば間違いなく命がなかった崖下り。命の危機というのは、桁の違う疲労を感じさせる。今までは緊張感が疲労をいい具合に忘れさせてくれていたが、緊張感が達成感に入れ替わった今は、全身を蝕む疲労から目を逸らすことは不可能だ。この疲労を引きずったままでは、今後の交渉事でも致命的な失敗をやらかしそうだ。

やはり休みを取るべきだろう。そう決めると少し、気力が湧いてくる。不幸中の幸いというべきか、その気力の使い道はすでに決まっている。

「ゼンジロウ様。フレア殿下から面会の申し込みがございます」

「……お通しして」

予想していた言葉に、善治郎は今湧いたばかりの気力を使って答えるのだった。

「『成人の証』の成功、おめでとうございます、ゼンジロウ陛下。そしてありがとうございます。私のためにこれほど長い間骨を折って下さったこと、深く御礼申し上げる次第です」

「私からも、お礼申し上げます、ゼンジロウ陛下。本当に、ありがとうございました」

フレア姫だけでなく、普段は護衛役に徹してあまり口を開かない女戦士も、珍しくそう礼の言葉を口にする。

「私が私の結婚のため、私の意志で行ったことですので、本来礼を言われる話ではないと考えます。しかし、フレア殿下、スカジ殿からそう言っていただけるのは、私にとっても嬉しいこと。その言葉、ありがたく受け取りましょう」

そう言って、善治郎はフレア姫にソファーを勧める。フレア姫がソファーに腰を下ろし、女戦士スカジがその後ろに立ったところで、善治郎も対面に腰を下ろした。

向かい合って座る善治郎とフレア姫。落ち着いたところで、フレア姫が口を開く。

「我が父、グスタフ王から報告がありました。『成人の証』、確かに確認した。これをもって、ウップサーラ王国第一王女フレア・ウップサーラの、カープァ王国王配ゼンジロウ・ビルボ・カープァへの側室入りを許す。だそうです」

当初は、『成人の証』を立てただけでは、それまでは論外だったフレア姫の側室入りという議題をテーブル上に上げるだけ、という話だったのだが、もう一気に結婚の成立まで内定してしまっている。

それは、善治郎とグスタフ王の密約で、護衛戦士達をへこませて既存の戦士の価値観を破壊するという依頼を果たしたことや、事の発端が公衆の面前でのフレア姫からの申し出であったことが判明したこと。さらには、北大陸における時代の潮流が予想以上に激しく、グスタフ王が大陸間貿易の成立を急いだという内実もある。

ともあれ、善治郎とフレア姫の婚姻は、近々広輝宮で正式な結婚式を挙げるところまで話が進んでいた。

「そうですか。正直、まだ実感がありませんが、よろしくお願いします。フレア殿下」

その言葉通り、どこか他人事のようにそう言う善治郎に、フレア姫はさも楽し気にコロコロと笑う。

「こちらこそ、よろしくお願いします、ゼンジロウ陛下。私はすでにご存じの通りのお転婆で、結婚しても、落ち着くまでに長い時間がかかると思いますが、長い目で見ていただけると助かります」

結婚後も大人しくしているつもりはない、という堂々とした宣言に、後ろの女戦士スカジが目を見開いて叱責したそうにしているが、善治郎はそちらにかまわず、飾らない笑顔で答える。

「それこそが、フレア殿下の人間的な魅力でしょう。無理をして抑える必要はないかと。殿下の言動が、カープァ王国、カープァ王家、そしてカープァ王国国王アウラ陛下の不利益とならない限りにおいて、私はその全てを肯定します」

国、王家、王と三つ条件を重ねたが、善治郎が本当に言いたいのは三つ目の部分だけだ。最愛の妻、女王アウラに不利益をもたらさない限りにおいて、この大陸を越えて嫁いでくるお姫様に、可能な限りの便宜を図りたいと、本気で思っていた。

それくらいには、フレア・ウップサーラという個人に、善治郎は好意と尊敬の念を抱いている。

自分の行動と功績に敬意が払われ、結婚後の自由すら保証される。

それはフレア姫が、何よりも望んでいて、だが半ば諦めていたものだ。

「ありがとうございます、ゼンジロウ陛下」

笑顔のフレア姫の氷碧色の双眼は、少し潤んでいた。

第五章　二度目の結婚式

今日、ウップサーラ王国にて、カープァ王国王配、善治郎・ビルボ・カープァと、ウップサーラ王国第一王女の結婚式が執り行われる。

善治郎が『成人の証』を立ててから、およそ一ヶ月後というとんでもない準備期間の短さだが、その辺りは善治郎が関与する問題ではない。とはいえ、この一ヶ月、最も忙しかった人間の一人が善治郎であったことも、また間違いない。

善治郎は、この世界でただ一人、自らの『瞬間移動』で北大陸と南大陸を行き来できる人間である。そのため、善治郎はこの一ヶ月の間に、何度となく『瞬間移動』で両大陸を行き来していた。

エリク王子をウップサーラ王国に連れ戻したのを皮切りに、カープァ王国側の外交官をウップサーラ王国に送り、逆にウップサーラ王国側の外交官をカープァ王国に連れてきたりした。もちろんそれは一往復だけでは済まず、どちらの外交官も本国の意向を聞くため、何度となく両国を行き来した。

あまりに気温差がある国を短期間に何往復もした影響か、善治郎は体温調節に支障をきたし、少し体調を崩したくらいだ。夜になっても興奮状態が収まらず、疲れているのに眠れなくなったり、逆に昼間大事な仕事があるのにあくびを噛み殺すのに全力を注がなければならなかったり。恐らくは、交感神経と副交感神経の切り替えに異常をきたしていたのだろう。それでも泣き言を漏らしながら、どうにか善治郎は己の役割を全うした。幸いだったと言えよう。その役割は、文字通り善治郎以外の誰にも出来ない、代わりのいない仕事なのだ。

大陸間貿易に関しては、『カープァ、ウップサーラ両王家が直接かつ独占的に行う』という大枠を決めただけで、細部は今後も外交官が行き来して詰めることになったが、フレア姫の結婚条件だけはそうはいかない。

大急ぎで条件を詰めたため、そのしわ寄せが、ただ一人両国間を移動できる善治郎に覆い被さってきたのだった。

おかげで結婚式の当事者でありながら、善治郎は当日まで、ろくに結婚式の流れも理解できないままであった。

唯一結婚式の衣装だけは、身体に合わせる必要があるため立ち会ったが、フレア姫とは別室での衣装合わせだったため、花嫁衣装をまとったフレア姫を見るのは、今日この時が初めてだった。

控室で、新郎と新婦が今日初めて顔を合わせる。

「ゼンジロウ陛下」

「フレア殿下？」

笑顔でこちらの名前を呼んだ少女の名を、善治郎は自信なさげな疑問形で口にする。

彼女はフレア姫で間違いないはずだ。今善治郎の名前を呼んだ声は聞き覚えのあるフレア姫のものだし、その容姿も今ではすっかり見慣れたフレア姫のものだ。

服装は、白を基調としたウエディングドレスで、頭からは鷹の羽を模した白いレース編みのヴェールを被っている。ウエストに巻かれたベルト風の飾りや、首に何重にもなっているネックレスは全てまばゆい黄金製。

鷹と黄金は、北大陸北方諸国では結婚式の縁起物として重宝される。だから、彼女が新婦で、フレア姫であることは間違いないはずだ。だが、それでもなお善治郎が確信を持てないのは、その花嫁の髪型にあった。

花婿の視線が自分の頭部に向けられていることに気づいたのだろう。花嫁はいたずらっぽく笑うと、

「あ、これですか？　これはつけ毛です。『黄金の木の葉号』の船長になった時に切った自分の髪です」

そう言って、その場でくるりと回り、後ろを見せた。

そう、今のフレア姫は善治郎の知っているショートカットではない。下ろせば背中の半

ばまで隠れそうな長い銀髪を丁寧に編み込み、アップにして一つの団子状にまとめていた。

結婚式という晴れの舞台に相応しい、非常に手の込んだ見栄えのする髪型だ。

「よく似合ってますよ、フレア殿下。いえ、いつもの髪型と同じくらいよく似合っています」

素直に賞賛した善治郎だが、日頃のショートカットこそがフレア姫が自分で選んだ髪型、選んだ生き方であることを思い出し、そう付け加える。

そんな善治郎の不器用な褒め言葉に、フレア姫はくすぐったそうに笑うと、少しいたずらっぽく弾んだ声で応える。

「ありがとうございます。ゼンジロウ陛下も、そうされていますと、いつもより心持ち強そうに見えますよ」

「それは、控えめに言っても褒め言葉ではありませんね」

わざとらしく顔をしかめる善治郎に、フレア姫は小さく赤い舌を出して笑う。

新郎である善治郎の格好は、一言で言うと飾り立てられた鎧姿なのだ。

金属製の鎧を土台に、毛皮や黄金で飾り立てられたそれが、ウップサーラ王国の王族、高位貴族の結婚式における新郎の衣装なのだという。腰には大小二本の剣も下げている。どちらも装飾の多い儀礼剣だが、ウップサーラ王国の常として刃はちゃんと付いており、

実用に耐えられるようになっている。

善治郎の格好は、おおよそウップサーラ王国の新郎としてごく一般的なものだが、その腰に下げている二本の剣だけは、善治郎がかなり粘って頼み込んだ部分だ。通常、新郎が腰に下げる剣は一本だ。

ともあれ、今フレア姫にからかわれたように、その格好はどうお世辞を言ってもただの虚言にしかならないくらい、善治郎には似合っていなかった。

そもそも金属製の鎧と腰に下げている二本の剣が重すぎて、今の善治郎はアヒルといい勝負が出来るくらいの速度でしか歩けない。こんな重いものを身に着けるくらいならば、Tシャツとジーンズだけの方が、逃げられる可能性が高い分まだマシというものだ。

こんなものを装備して、いざという時は半日以上戦場を駆け回る戦士という人種に、今更ながら尊敬の念を抱く善治郎である。

そうしている間に、入り口の扉がノックされる。

「ゼンジロウ陛下、フレア殿下。準備が整いました。ご入場願います」

扉の向こうからそんな声が響く。

善治郎とフレア姫は、期せずして顔を見合わせた。

「殿下、お手を」

「はい」

善治郎の言葉を受けて、フレア姫はそっと善治郎の手を取る。

新郎善治郎が、新婦フレア姫をエスコートして、二人は静かに控室を後にするのだった。


結婚式会場は中庭であった。

カープァ王国はそうではないが、結婚式会場が野外というのは、精霊信仰国ではさほど珍しい風習ではない。精霊とは自然を司るもの。その自然に抱かれる野外こそが、結婚式という神聖な儀式を執り行うのに相応しいという考え方だ。

もちろん野外といっても、そこは王宮。王族同士の結婚式場だ。緑の芝生の上に設けられたテーブルには純白のテーブルクロスが掛けられ、出席者が座る椅子も汚れ一つなく磨かれており、不潔さは全く感じさせない。

季節は初夏。時刻は昼下がり。カープァ王国の酷暑に慣れた善治郎には少し肌寒く感じられる、清涼な風が吹き抜ける中、善治郎はフレア姫をエスコートして、拍手する出席者の間をゆっくりと歩み進む。

つい女王アウラの時のやり方で、フレア姫と同じタイミングで動かしそうになる足を、意識して少し早め、どうにか半歩前に出て新婦をリードする形にする。

女王アウラとの結婚式では緊張のあまり二足歩行のやり方すら忘れかけた善治郎だが、

それと比べれば今日は随分とマシだ。問題なくフレア姫をエスコートして歩いているだけでなく、会場に視線を配るだけの余裕もある。

今回が二回目という慣れもあるだろうが、大陸間航行や『成人の証』の一件で、正真正銘の命がけという状況をくぐり抜けたせいで、少し緊張感が緩んでいるのかも知れない。

そのことに気づいた善治郎は、改めて気を引き締める。自分のような非力な存在が、臆病さを忘れて大胆になっても、害の方が多い。

そうして歩みを進め、善治郎とフレア姫は、無事新郎新婦の席がある正面壇上へとたどり着いた。

新郎新婦が並んで壇上に立ったところで、会場はしんと静まり返る。事前の打ち合わせでは、この次アクションを起こすのは新郎である善治郎だ。

横目でフレア姫を確認したところ、わずかに顎を引くようにして首肯してくれた。自分の記憶に間違いがないと自信を持った善治郎は、左手で腰の長剣を鞘ごとつかむと、右手で慎重に長剣を抜き放つ。

太陽の光を浴びて、ギラリと光るその刃を高々と掲げた善治郎は、大きく息を吸うと、可能な限り大きな声で宣言する。

「我が名は、善治郎。善治郎・ビルボ・カープァ。善治郎・ビルボ・カープァはフレア・

ウップサーラと婚姻を結び、以後彼女を幸福と豊かさと愛情で満たすことを誓う。風の精霊、大地の精霊、水の精霊、火の精霊の御前に」

続いて、フレア姫の左手が、剣を掲げる善治郎の右手に添えられる。

「我が名は、フレア。フレア・ウップサーラ。フレア・ウップサーラは、善治郎・ビルボ・カープァと婚姻を結び、フレア・アルカト・カープァとして、以後彼を慕い、敬い、愛することを誓う。風の精霊、大地の精霊、水の精霊、火の精霊の御前に」

フレア・アルカト・カープァ。アルカトとは、カープァ王国でワレンティアより南にある無人の湾岸領地だ。この一ヶ月の外交で、善治郎の側室となるフレア姫には、ひとまずそのアルカトという領地と、その領地を治めるアルカト公爵位が授けられることが決定していた。

将来的にはそこに港と造船所が造られることになっているが、日程も予算もまだ全く決まってない。とりあえず、大陸間航行用の超大型帆船の製造は、初めの数隻まではワレンティアの造船所で行われることになっている。いつ頃までに、どの程度の港と造船所をアルカトに設けるかは今後の交渉次第だ。

新郎新婦が宣言を終えると、会場の皆はそれぞれ手を打ち鳴らしたり、足を踏み鳴らしたりして、両者の結婚を祝福した。

結婚式全体の音頭を取る聖職者のような者はいない。ウップサーラ王国にも巫覡(ふげき)のような神事を司る者はいるのだが、ウップサーラ王国で一般的な結婚式は、新郎新婦が直接精霊に誓いを立てる儀式なのだという。

そのため、極論を言えば、今の善治郎とフレア姫の宣言で結婚式は終わったと言える。とはいえ、長く続く風習には、どんなものにもある程度のセオリーというものが生まれるものだ。

新郎新婦が壇上の席に腰を下ろすと、新婦の親族席から一人の男が立ち上がる。きらびやかな鎧をまとった若い長身の偉丈夫。それはウップサーラ王国第一王子、エリク・エストリゼン・ウップサーラだ。

予定とは異なる人間の起立に、善治郎は驚いて隣に座る新婦を見る。すると、ウエディングドレスのフレア姫もその氷碧色の双眼を数度瞬かせて驚きをあらわにしていた。

どうやら、善治郎にもフレア姫にも知らされていなかったサプライズらしい。

本来ならば、ここで席を立つのはエリク王子ではなく、グスタフ王のはずだったのだ。

グスタフ王が持つはずだった黄金製の小さな槌(つち)を、エリク王子がその手に持っているのだから、グスタフ王が本来やるはずだった役割を、そのままエリク王子が横からかっさらったのだろう。

フレア姫は諦めたように苦笑している。今更どうしようもないことは分かっているのだが、エリク王子との間の確執が完全に解けたとは思っていない善治郎としては、その役割をエリク王子にされることには、ちょっとばかり不安が残る。

それでも今更ジタバタしようがないことも確かだ。覚悟を決めて善治郎がジッとしていると、黄金の槌を右手に持ったエリク王子が、壇上に上がってくる。

最初に立ち止まったのは、新婦フレア姫の前。

フレア姫の前に立つエリク王子は、その右手に持つ小さな黄金製の槌をそっとフレア姫の細い肩に振り下ろす。

「この者の以後の人生から、災いよ、消え失せよ」

その言葉と共に、黄金製の槌はコツンと小さくフレア姫の肩に触れた。

黄金の槌は、伝説に伝わる古の戦士が持っていたとされる武器だ。非常に小さく、持ち手を握ると拳の中から拳大くらいの槌が突き出る程度の大きさしかない。しかしその黄金の槌は、その大きさとは裏腹に、恐ろしいまでの破壊力を秘めていたと伝えられている。

また、その槌には邪を滅する力があるともされており、そのため結婚式では、新郎新婦の門出から災いが去るようにと、親族の代表が黄金の槌で新郎新婦の身体を打つのである。

言うまでもなく、その黄金の槌はレプリカだ。レプリカだが、純金製という意味では本物である。当然非常に重い。

その重い黄金製の槌を、今度は善治郎の前に立ったエリク王子が再び振り下ろす。その瞬間、エリク王子の目元が笑みの形に歪(ゆが)められたのは善治郎の見間違いではないはずだ。

その証拠に、黄金の槌はゴツンとフレア姫の時とは明らかに異なる音を立てた。善治郎の鎖骨に鈍い痛みが広がる。

「この者の以後の人生から、災いよ、消え失せよ」

痛みはかなりあるが、怪我するほどではない絶妙な力加減に、善治郎はこれがエリク王子の小さな意趣返しであることを確信した。

「フレアをよろしく頼みます、義弟殿」

そう言って、エリク王子は野太い笑みを浮かべる。その後、すぐにその笑みを苦笑に変えると、

「結局陛下が最初に仰った通り、陛下のことを義弟と呼ぶことになりましたね。陛下のご慧眼(けいがん)には恐れ入るばかりです」

そう言ってエリク王子はその厚い肩を小さくすくめた。

「ウップサーラ王家の皆様のご理解の賜物です。無論、そのために私も最大限の努力をしたという自負はありますが」

善治郎はそう言って、わざと胸を張る。自分の功績は誰よりも自分が口で説明する。こ

ちらの流儀にも多少は慣れてきた善治郎は、そう言って視線を先ほどまでエリク王子が座っていたテーブルに向ける。

そこは、ウップサーラ王家の面々が座っているテーブルだ。

グスタフ王、エリク第一王子、ユングヴィ第二王子までは、これまで王宮で紹介されていた。

他に、四十前後とおぼしき女性が一人、三十代半ばの女性が一人。まだ成人前の幼い女子が二人と、男子が一人。そして、老貴婦人が一人。

順に、フェリシア第二王妃、マティルダ第三王妃、イェルダ第二王女、ヒルダ第三王女、カール第三王子、そして、グンネル王太后である。

未成年の王女、王子や、すでに現役を引退している王太后が、公式の場に顔を出さなかったのは当然だが、フェリシア第二王妃とマティルダ第三王妃が出てこなかったのは、今は亡き第一王妃を立てる意味があったのだという。

フェリシア第二王妃とマティルダ第三王妃はウップサーラ王国の有力貴族出身だが、第一王妃は、隣国オフス王国の元王女である。その唯一の子であるエリク第一王子は、諸事情により、ウップサーラ王国だけでなく、オフス王国の王位継承権も併せ持っていた。

産みの母という後ろ盾を失ったエリク第一王子が蔑ろにされているのではないか、という誤解をオフス王国に抱かれないよう、グスタフ王は第一王妃の死後もフェリシア第二王妃やマティルダ第三王妃を、第一王妃に繰り上げることはしなかった。

そのため、フェリシア第二王妃と、マティルダ第三王妃は、公式の場に顔を出すのに大きな制限を受けているのだった。

もちろん、非公式に顔を合わせるのは全く問題ないため、フレア姫の実の母親であるフェリシア第二王妃とは、善治郎もこれまで何度となく顔を合わせている。『成人の証』を無事立てて、フレア姫との結婚が確実となった後は「結婚式場では、私のことを義母と呼んで下さいね」と約束させられてしまったくらいだ。

逆にマティルダ第三王妃は、ここで初めて見る。

そうして善治郎が王族達のテーブルに意識を向けている間に、新郎新婦への破邪の儀式を終えたエリク王子は席へと戻っていった。

破邪の儀式が終われば、次は本格的な食事が始まる。給仕達が、各テーブルの真ん中に次々と焼きたてのイノシシや山羊を持ってくる。

ジュウジュウと脂が焼ける音と香ばしい匂いを、風が善治郎の元へ運んでくる。その食欲をそそる音と匂いに、反射的に口の中を潤しながら、善治郎は立ち上がる。

「フレア殿下」

「はい、ゼンジロウ陛下」

続いて立ち上がるフレア姫をエスコートして、善治郎は壇上から降りる。

メインディッシュである肉を切り分けるのは、新郎の役割なのだ。そのために、ウップサーラ王国の結婚式では、新郎は必ず本物の剣を腰に下げる。

もちろん、出席者が少ない平民の結婚式ならばともかく、王侯貴族の結婚式で、全ての肉を本当に新郎が切り分けていてはキリがない。そのため通常、新郎がちゃんと切り分けるのは両家の親族席の肉だけで、それ以外の席の肉は、剣で十字の切れ込みを入れるだけで、後はそれぞれのテーブルについている給仕が切り分けを担当するらしい。

通常最初に向かうのは、新郎の親族席なのだが、あいにくこの場に善治郎の親族は来ていない。強いて言えば、カープァ王国の来賓席がそれに相当するのだろうが、単なる外交官や護衛の騎士、果ては侍女達がドレスアップして座っているだけの席である。仮にも王族同士の結婚式で、新郎の親族席が少なすぎると問題があるということで取られた緊急措置だ。流石にそこを優先するというのは憚られる。

結果、新郎善治郎と新婦フレア姫が最初に向かったのは、新婦の親族席。すなわち、グスタフ王達が座るウップサーラ王家の席であった。

「では、切り分けさせていただきます」

ウップサーラ王家の席にやってきた善治郎は、そう断りを入れると、まず腰の小剣を抜き、それを隣に立つ新婦フレア姫に手渡した。

「ククッ……」

「……………」

「あはは、この人、本当にやった」

事前に話を聞いていたグスタフ王は苦笑し、エリク王子は憮然とした表情で沈黙を保ち、ユングヴィ王子は下品に見えないギリギリの大きさで笑う。

一方、事前に話の通っていなかった会場の他の面々は、驚きを隠せず、ざわつく。目ざとい者は善治郎がなぜか腰に剣を二本下げていることには気づいていたが、まさか一本が新婦用だとは夢にも思っていなかったようだ。

そのざわつきを無視して、善治郎はもう一本の剣を抜き、そちらは自分で持った。

これが、善治郎が剣を二本下げていた理由である。肉を切り分けて来客に振る舞うという、本来新郎の役割であるものを、あえて新婦との共同作業にしたのだ。

ゲストに肉を切り分けて振る舞う役割は、原則男の特権だ。例外は自分で狩りをする女戦士の資格持ちだけ。それをあえてフレア姫にもやらせることで、善治郎は自分とフレア姫の役割分担が、ウップサーラ王国における一般的な男女のそれとは違うことをアピールするつもりだった。単純に、包丁ならばともかく長剣で肉を切り分けるなど、自分一人では無理、という情けない理由も若干ある。一応、この一月で、最低限の合格をもらえるくらいには出来るようになったが。

笑顔を崩さず、だがその実態は周りから失笑が漏れるくらいに拙い手つきで、善治郎は肉を切り分け、順番にゲストの皿にのせていく。

善治郎がゲストの皿に切り分けた肉を盛っている間に、フレア姫がイノシシの丸焼きに近づき、小剣を振るって肉を切り取る。

控えめに言っても善治郎とは雲泥の手際の良さだ。リハーサルでは、善治郎を立てるために、あえて善治郎より時間をかけて肉を切るという案もフレア姫は提案したのだが、善治郎がそれは却下した。

フレア姫が普通の姫君ではなく、これが普通の結婚ではないことをアピールするための、夫婦による肉の切り分けなのだ。そこで無駄に夫を立てるようでは、本末転倒である。

とはいえ、流石に全く対等というわけにはいかないため、善治郎が切り分ける相手の方が、位の高い相手になる。

最初に、義父となるグスタフ王。

「娘婿が切り分けてくれた肉を、ここで食べられるとは思っていなかったよ」

「恐縮です、義父上」

グスタフ王の言葉に、善治郎は小さく笑い返した。

分かりづらいが、今の言葉はグスタフ王からの礼の言葉だ。娘婿とは、善治郎に限らず、自分の娘の伴侶となる男のこと。ここことは広輝宮のことだ。

南大陸と違い、王族の婚姻外交が盛んなウップサーラ王国では、王女が自国で結婚式を挙げるケースは少ない。通常結婚式は、娘が嫁いだ先の国で行われる。となるとその場合、王であるグスタフ五世は国を離れることが難しいため、娘の結婚式に出席できない可能性が高い。

それが、善治郎のおかげで娘の結婚式に出席できた。そのことに礼を言っているのだ。

「南大陸は遠い。今後、私は遠くこの国の玉座の上で、あの子の幸せを願うことしか出来ない」

だから、フレアを頼む。そう続けそうな雰囲気を感じ取った善治郎は、グスタフ王の言葉を途中から奪う。

「広輝宮の別棟を、我が国の大使館として提供されることをご了承下さったのは陛下のはずです。拠点がある以上、フレア殿下は最低でも半年に一度は、私の『瞬間移動』で一時帰国することをお約束しますよ」

すでにデジタルカメラで撮影してあるため、善治郎にとってカープァ王国からウップサーラ王国への移動は一瞬である。フレア姫を送り出す場合、行きはともかく帰りは善治郎が迎えに行く必要があるため、流石にそう頻繁に行うわけにはいかないが、どうしてもというならば一ヶ月に一度くらいの頻度で帰国させることも出来る。

その事実を改めて認識したグスタフ王は、右手の人差し指と親指で眉間をもみほぐすと、溜息をつく。

「……カープァ王国は近いな」

物理的な距離はともかく、実際に移動時間で考えれば、グスタフ王の言葉はあながち間違いではなかった。

続いて、善治郎はエリク第一王子の前の皿に切り分けた肉をのせる。

エリク王子は礼を言うと、その肉をフォークで刺し、持ち上げる。

「私も結婚式には何度も参加したことがあるが、これほど拙い剣捌き（さば）の新郎は初めてだな」

善治郎が切り取った肉は、何度も失敗しながら繰り返し剣を叩きつけたため、ギザギザな切れ目が入り、繊維が潰れて肉汁と脂がジュクジュクにこぼれたりしていた。

エリク王子に指摘されるまでもなく、その拙さは善治郎自身が自覚している。

そのため、善治郎は苦笑するしかない。

「申し訳ございません、不細工な手際をお見せします」

「私はカープァ王国でプジョル元帥に、武の手ほどきをいただいた。実に実りある時間であった。我が国に生を受けていれば、今頃は『トール』の銘を受けていたと確信できるほどの武人だ。あれほどの武人が自国にいるのに、ゼンジロウ陛下はその手ほどきを受ける気はないのか？」

非難よりむしろうらやむような口調で、エリク王子は言う。どうやら本当にエリク王子は、プジョル元帥のことを気に入ったようだ。

「はい、全く」

だが、善治郎の答えは、そんなエリク王子からすると信じられないくらいに、つれないものだった。

「この年で、今更ちょっとばかり剣の振り方を身につけても、生兵法以上のものにはならないでしょう。判断に迷いが生じる分、かえってマイナスです」

頑張って武器の使い方を覚えて体力を増強しても、善治郎の武力などたかが知れている。下手に多少戦えるようになって、選択肢に『戦う』が入ると、『逃げる』一択の時より瞬間の判断が鈍る。それはかえってマイナスだと善治郎は考える。

なにせ善治郎は大国カープァ王国の王配なのだ。善治郎の命を狙う刺客に、善治郎でも対処できる程度の腕を期待するのは、虫が良すぎるというものである。

「もったいない。私には理解できんな」

本心からそう言うエリク王子に、善治郎は笑ってごまかすしかなかった。

善治郎が、グスタフ王、エリク王子と男性陣をもてなしている間に、フレア姫は、グンネル王太后、フェリシア第二王妃、マティルダ第三王妃といった女の王族達をもてなしている。

フレア姫から見れば、グンネル王太后は祖母で、フェリシア第二王妃は実の母親だ。その距離感は非常に近く、どちらも古い価値観を持つ王族のため、男のように剣を持って来賓に肉を振る舞う孫、娘に説教しきりだ。

もちろん、相手はめでたい結婚式の主役である新婦。この場ではあまり厳しいことは言えないが、それでも許されるギリギリまで厳しい言葉をぶつけている。

それでも、フレア姫は小剣を振るう手を止めず、顔は満面の笑みのままだ。

こうして本来男にしか許されない役割を、生まれ育った王宮で、ずっと一緒だった家族の前ですることに、大きな達成感と幸福感を抱いているのだ。

その様子を見て、善治郎は自分の判断は間違っていなかったと、ホッと胸を撫で下ろす。ひょっとして余計なお世話をしてしまったのではないか？　という疑念は今までずっと捨てられずにいたのだ。

そんな善治郎の表情を下から見上げて楽しげに笑っているのは、ユングヴィ第二王子である。

「失礼しました」

ユングヴィ王子の視線を受けて、手を止めてしまっていたことに気づいた善治郎は、改めてユングヴィ王子の皿に、切り分けたイノシシ肉をのせる。

「ありがとう。うん、やっぱり結婚式はこれと、蜂蜜酒(ミード)だよね」

そう言ってユングヴィ王子は、イノシシ肉を肴(さかな)に蜂蜜酒の入った金杯をあおる。どうやらユングヴィ王子は華奢(きゃしゃ)な見た目に反してなかなかの酒豪らしい。

あえて昔ながらの製法を守って作られる蜂蜜酒は、ウップサーラ王国に限らず北大陸北方諸国では、慶事の場で必ず振る舞われるものらしい。

蜂蜜の甘い香りを残しながら、味は決して甘くない。麦酒(ビール)に近い味だというが、善治郎にとって麦酒とは日本のそれを指す。こちらの麦酒はホップを利かせていないため、苦みが少なく飲みやすいのだが、善治郎には少し物足りない。

蜂蜜酒はこちらの麦酒に近い味わいだ。

「それにしても、ゼンジロウ陛下は本当に誠実なお方だね。この短い時間で我が国の礼法をしっかりと身につけて、その通りに振る舞って下さっている。僕も見習わないといけないね」

そう言ってユングヴィ王子は、意味深な笑みを浮かべ、こちらを見上げる。

ユングヴィ王子が両国友好強化のため、カープァ王国の高位貴族から側室を取りたいと発言していることは、善治郎も聞いている。

「過分なお褒めの言葉、恐縮です。もし、ユングヴィ殿下にそのような機会がございましたら、私もご助力いたしましょう」

「うん。その時はよろしくお願いします」

実現するかどうかは分からないが、どうやらユングヴィ王子自身は本気らしい。

しかし、北大陸の人間は南大陸を下に見る傾向がある。ユングヴィ王子がその側室をどの程度守ってくれるのか、当の側室に異文化圏で人生を過ごすガッツがあるのか。その辺りが分からないままでは、安請け合いできない。

「はい。もし、その時が来れば」

善治郎はそう言ってこの場をごまかした。


その後、善治郎がカール第三王子の皿に、フレア姫がイェルダ第二王女とヒルダ第三王女の皿に切り分けた肉をのせると、このテーブルでの作業は終了となった。

善治郎にとって、未成年組とはこれが初めての対面となる。カール第三王子は柔らかそうな明るい茶色の髪が印象的な、顔立ちの整った少年だった。まだ十歳にも満たないらしいが、善治郎の見立てでは小学校の高学年ぐらいに見える。民族的に顔立ちが大人びているという理由もあるが、最大の理由は単純に背が高いからだ。

百六十センチぐらいのフレア姫と、すでにほとんど変わらないくらいの身長がある。まあ、異母兄弟のエリク王子は百九十を超える長身だし、父であるグスタフ王も百八十半ばはある。カール第三王子も将来的にそれくらいまで成長すると考えれば、今の年齢でこのくらいの体格をしていてもおかしくはない。

むしろ、善治郎より少し背が高い程度のユングヴィ王子や、日本人女性の平均程度のフレア姫の方が珍しいのだろう。

ともあれ、最初のテーブルの肉を切り分け終えた善治郎とフレア姫は、そのまま次のテーブルへと移動する。次に向かうのも、やはりウップサーラ王族のテーブルだ。先ほどのテーブルよりは格の下がる、王のいとこやはとこ、その子供などが着いているテーブルだ。

善治郎も何人かの顔は、王宮での公式会談で見た覚えがある。

そのテーブルへとやってきた善治郎とフレア姫は、テーブルの真ん中に鎮座している山羊の丸焼きに、善治郎が一太刀、フレア姫が一太刀、ちょうど十字になるように切れ目を入れた。

最初のテーブル以外はこれだけである。とはいえ、流石にすぐ立ち去るのは無作法すぎるため、善治郎とフレア姫はテーブルに着いている分家王族の面々から、祝福の言葉を受ける。

フレア姫にとっては当然全員が顔見知りらしく、「これほど早く殿下の花嫁衣裳が見られるとは」とか「非常にお似合いですよ」とか「特にその右手の小剣がお似合いです」な

ど と、気安く声をかけられている。

一方善治郎はというと、ほぼ全員が初対面のため、話題らしい話題がない。そのため、単純に「おめでとう」「殿下をお願いします」という言葉が大半だった。

例外は、一人の中年の男が笑顔で「息子が世話になりました。おかげで頑固者の息子も少しだけ視野が広がったようです」と言ってきたことだ。

首を傾げる善治郎にそっとフレア姫が耳打ちしてくれたところによると、この中年男は『成人の証』の時、善治郎の護衛を務めてくれた一番若い戦士の父親らしい。

一番善治郎に突っかかってきた若い護衛戦士のことはもちろん、善治郎もよく覚えている。

父である中年男は末端王族で、子供の方は王位継承権がなくただの貴族だというが、想像以上に高位の貴族だったと知り、善治郎は内心で少し焦る。

一瞬、今の「息子が世話になった」という言葉も嫌みかと邪推するが、表情からすると本気で言っているように見える。

「成長の一助となれたのならば、光栄なことだ」

海千山千の王侯貴族の腹の底など読めるはずもない。開き直った善治郎は、中年男の言葉をそのままの意味で取り、そう応えるのだった。

王族のテーブル、分家王族のテーブルの次に待っているのは、各国来賓のテーブルである。

ウップサーラ王国は北大陸では少数派の精霊信仰国のため、国交には制限があるが、それでも王族の結婚式にお互い人を送り合うくらいのつながりのある国は、決して少なくない。

オフス王国、トゥールック王国、ベルッゲン王国、ウトガルズ。ウップサーラ王国を加えた通称北方五ヶ国は、北大陸における数少ない精霊信仰国、言ってしまえば同一文化圏だ。

当然、彼らの席は設けられており、ウトガルズ以外の三国は、王族かそれに準じる高位貴族が着席している。ウトガルズのテーブルだけ無人のままになっているが、それはまあいつものことである。

それ以外にも、『教会』系ではあるが独自の国教会が幅を利かせているため、一般的な『教会』の教義とは一歩距離を取っている赤竜王国と白竜王国。血統魔法の所有国でありながら『竜信仰国』『精霊信仰国』の区別なく婚姻外交を広く行っているグラーツ王国。そして信仰の自由を国是とするズウォタ・ヴォルノシチ貴族制共和国。

この四国は、流石にあまり距離を詰めても面倒なことになるため、さほど高位の貴族は送り込んできていない。

　そんな各国のテーブルに、善治郎とフレア姫が挨拶に回る。その中に、驚いたことに善治郎の見知った顔があった。

　ズウォタ・ヴォルノシチ貴族制共和国からの来賓である。

「ゼンジロウ陛下、フレア殿下。この度はご結婚、おめでとうございます」

「おめでとうございます」

　そう言うのは年若い夫婦。ズウォタ・ヴォルノシチ貴族制共和国が誇る『有翼騎兵』が一人、エウゲニウシュ・ホルショフスキとその妻、テレサだった。

　ポモージエ侯爵邸で行われた戦勝会で顔見知りになっていた夫婦の姿に、善治郎は驚きをあらわにしながら言葉を返す。

「これは、エウゲニウシュ卿にテレサ夫人。まさか共和国の使節が、貴公らだったとは」

「お久しぶり、というほどではないですね。再会がかない幸いです、エウゲニウシュ卿、テレサ夫人」

　戦勝会で一度顔を合わせただけだが、この若夫婦に好印象を持っていた善治郎とフレア姫である。つい会話が弾む。

「それにしても、殿下とゼンジロウ陛下がご結婚されるとは、驚きました。いえ、ご結婚そのものは、あの雰囲気から時間の問題だとは思っていたのですが、これほど早いとは」

「ええと……そんな雰囲気でしたか？」

テレサ夫人の穏やかな笑みに、フレア姫は珍しく照れた様子で視線を泳がせる。

話が弾んだところで、善治郎は最近聞いたばかりの情報を元に、エウゲニウシュに祝福の言葉を送る。

「そう言えば、タンネンヴァルトの一件は、めでたい結果に終わったようだな。共和国の勝利、改めてお祝い申し上げる」

海の向こうの話のため、細かな部分については情報が錯綜しているが、タンネンヴァルトの地で行われた『騎士団』と共和国の一大決戦が、共和国の勝利で終わったことは間違いのない事実らしい。ならば、その事実に触れないのはむしろ失礼というものだ。

実際、善治郎の言葉にエウゲニウシュは誇らしげに胸を張って笑い返す。

「はっ、おかげさまをもちまして、アンナ殿下の指揮の下、無事『騎士団』の撃退に成功しました。私もわずかながら戦功を立てることが出来て、『有翼騎兵』としての面目を保つことがかない、ホッとしているところです」

「なんと、エウゲニウシュ卿はかの大戦(おおいくさ)に参戦していたのか？　しかも見事武功を立てたとは、これは祝いの品の一つも贈らねばならぬ。後日一席設けたいのだが、いかがかな？」

エウゲニウシュの言葉に、素の驚きを示した善治郎は、すぐさまそう提案する。北大陸の今後を占う大戦に直接参加していた人間から話を聞ける機会を逃す手はない。

しかし、この場は結婚式という祝いの場。主役である善治郎に、特定の一人と膝を突き合わせて話をするだけの時間はない。

「はっ、しばらくは広輝宮に滞在しておりますので、その間ならば」

「分かった。必ずや時間を見繕おう」

どうにか約束を取り付けた善治郎は、フレア姫と共に共和国のテーブルを後にするのだった。


その後も善治郎達は各国来賓のテーブルを回る。そこで交わされる会話は、当たり障りのない、悪く言えば実りのないものが大半だ。

誰も着席していないウトガルズのテーブルにも料理は同じように載っており、二人は中央のトナカイ肉に十字の切れ込みを入れる。

そうしたルーチン化した作業に異変が起きたのは、オフス王国使節団の対応をした時だった。

オフス王国使節団は、各国使節団の中でも最大規模である。使節団の代表も王位継承権を持つれっきとした王族を送り込んできたくらいだ。

その代表と名乗る三十過ぎの男は、善治郎とフレア姫に挨拶をしながらも、その意識の大半が親族席に座るエリク王子に向いていることは、さほど観察眼に優れていない善治郎の目にも明らかだ。

最初は、普通に善治郎とフレア姫に祝いの言葉を述べていたオフス王国の代表だが、話題はかなり強引に、エリク王子に関する話へと移行する。

特に隠すことでもないどころか、今後のウップサーラ、オフス両国の関係を考えれば、むしろ積極的に情報提供するべきだと考えたフレア姫はその話題に乗る。

「そうですね。兄は……」

「ほう、なるほど。エリク殿下はそのようなことを仰るのですか」

「ええ、これ以上詳しいことは、兄本人からお聞き下さい。幸い、この場にいることですし」

「そうさせていただきます。しかし、本人の口からだけでなく、周囲の評価を聞くことに意味があるのですよ」

そんな会話を、少し離れたテーブルにエリク王子がいる場でしているのだ。いくら現王の孫であっても、隣国の王子を王とすることに、オフス王国の王族としては含むものがあるのかも知れない。

歓迎はするが、警戒もしている。何となく、オフス王国のエリク王子に対するスタンスが見えた気がした。

他の者達も、個々に比率の違いはあれど、エリク王子に対して敬意と敵意、歓迎と警戒を同時に持っているようだ。

そんな中、一人異質な動きを見せる、初老の貴族がいた。髪とひげはすっかり白くなっているが、体格は見事な戦士のそれである。

その初老の戦士は、エリク王子ではなく、別な方向を気にしながら、先ほどから何やら善治郎に話しかけたそうにしていた。

「何か気になることでも？」

何となくその様子が気になった善治郎がそう問いかける。

その言葉に、初老の戦士は意を決したように口を開く。

「お初にお目にかかります、ゼンジロウ陛下。某(それがし)はオフス王国の戦士、ケヴィンと申す。まずはご結婚おめでとうございます」

「ありがとう、戦士ケヴィン」

善治郎の言葉と態度から、話を打ち切るつもりがないことを感じ取った初老の戦士は、続けて口を開く。

「つかぬことをお聞きしますが、あちらの席はゼンジロウ陛下の故国、カープァ王国の皆様の席でお間違いありませんか？」

「そうだが？」

「その割には、失礼ですが、ゼンジロウ陛下と大きく見た目の異なる方がおられるようですが。その、金髪の女性が」

ひどく真剣な声で問われた内容は、拍子抜けするほど大したことのない内容だった。

善治郎はいつの間にか入っていた肩の力を抜くと、

「ああ、彼女は、我がカープァ王国の人間ではない。同じ南大陸だがシャロワ・ジルベール双王国という、別な国の人間なのだ」

シャロワ・ジルベール双王国は、遙か昔に北大陸から来た移民の子孫で、外見が北大陸人に近いのだと説明すると、初老の戦士はがっくりと肩を落とした。

「……左様ですか。お二人とも、双王国のお方だと」

「二人？」

言われて振り向いた善治郎は、改めて気がついた。

そう言えば、カープァ王国のテーブルには金髪の女が二人いることに。

シャロワ・ジルベール双王国の高位貴族ルクレツィア・ブロイと、善治郎の侍女マルグレーテである。今はマルグレーテも数合わせとして、侍女服ではなく、善治郎が『瞬間移動』で持ち込んだドレスを着ているため、一見すると双王国のルクレツィアやその侍女のフローラに溶け込んで見える。

「いや、マルグレーテは違う。我が国の人間だ」

善治郎としては、ちょっとした勘違いを訂正したつもりだった。

だが、反応は劇的だった。

「マルグレーテ？　真の名前なのですか？　そ、それは貴国ではよくある名前なのですか？　彼女のような金髪緑眼の者は珍しくないのですか？　彼女の両親は健在なのですか？　健在だとして、本当に実の両親なのですか？」

「戦士ケヴィン？」

礼節をかなぐり捨てて矢継ぎ早に問いを投げかける戦士ケヴィンに、善治郎は警戒心を最大限に引き上げながら、思い切り睨み返す。

その様子は、当然ながらすぐに周囲の者達にも伝わった。

「ケヴィン殿」

「戦士ケヴィン、めでたい席だぞ」

「ケヴィン老、よりにもよってこのような席でいつもの発作か」

「最近は収まっていたというのに」

周りから寄ってたかって諌められれば、流石に初老の戦士も自分の無作法に気づいたのか、正気を取り戻し、謝罪する。

「ご無礼いたしました、ゼンジロウ陛下。平にお許し下さい」

平身低頭謝罪する初老の戦士は、それだけで一回りも身体が小さくなったように見える。

多少毒気を抜かれた善治郎だが、今の反応をただの勘違いで聞き流すのは、あまりに危機管理がなっていないというものだ。

「酒も入るめでたい席だ。多少の無礼は花の一つだろう。しかし、興味深い話でもある。謝罪の気持ちがあるのならば、後日改めて今の話を伺いたいのだが？」

善治郎の言葉に、初老の戦士は目をギラギラと輝かせて顔を上げ、周囲の者達に苦い顔をさせる。

「そ、それはあちらのマルグレーテ様も？」

「彼女には仕事がある」

食いつく戦士ケヴィンに、善治郎はきっぱりと否定する。先ほどの反応から、今後マルグレーテの身に万が一にも不利益が降りかからないか、確認することが目的なのだ。その場にマルグレーテを連れていけるわけがない。

「分かりました、では明日にでも」

「ああ」

約束を取り付けたところで、善治郎はフレア姫の手を引き、オフス王国使節団のテーブルを離れる。

「ケヴィン老、くれぐれも失礼のないように」「分かっておる」

などという会話を背中で聞いた。


その後は大きな問題もなく、全てのテーブルを回り終えた。新郎による肉の切り分けが終わると、あとはしばらくやるべきことはない。

出席者達は自由に席を移し、ある者は酒杯を重ね、ある者は肉料理に手を伸ばし、ある者は持ち込んだ楽器をかき鳴らし、ある者は歌い、ある者は踊り、そしてある者は剣を交える。

非常に残念ながら、新郎は最低一度はこの『剣を交える』に参加することが、ウップサーラ王国の結婚式では半ば不文律となっている。

新郎として最低限のノルマをこなした後、善治郎が尻尾を巻いてその場を後にしたことは、言うまでもない。

善治郎とフレア姫の結婚式が無事終わり、数日が過ぎた。

この数日、善治郎は式の前と変わらないくらいに忙しかった。

結婚式で約束した共和国のエウゲニウシュと、オフス王国の戦士ケヴィンとの面会。

そこで得られた情報を携え、早速『瞬間移動』でカープァ王国へ戻った。

戦士ケヴィンのもたらした情報は、ろくでもなかった。何の役にも立たず、全く使い道がなく、信憑性の欠片もなく、だが全面的に否定することは不可能に近く、そしてその影響力を考えれば、対策を取らないわけにはいかない。

それはそんな厄介な情報だった。

さらには、エウゲニウシュから聞いたタンネンヴァルトの戦いに関する情報もある。

北大陸の情報収集を継続する必要性を感じた善治郎の意見を受け、女王アウラは、今ここ、北大陸北方諸国が一国であるウップサーラ王国の広輝宮別棟、『カープァ王国大使館』にいた。

「いらっしゃいませ、アウラ陛下」

出迎えたのは、冷静な表情の侍女イネスをはじめとした、『黄金の木の葉号』にて北大陸へと渡ったカープァ王国の面々である。唯一、善治郎だけがこの場にいない。

それも当然と言えば当然だ。今、女王アウラは、カープァ王国の王宮から、夫善治郎の『瞬間移動』でここへ飛んできたのである。

「うむ。出迎えご苦労。すぐに戻る故、もてなしはいらぬ」

「はい」

女王アウラの言葉に、侍女イネスは小さく頭を下げた。

「ここが北大陸か。なるほど、寒いな」

女王アウラが興味深げに周囲を見回した後、ブルリと身体を震わせた。ウップサーラ王国の人間が聞けば、耳を疑うだろう。今の季節は夏である。だが、北大陸が夏ということは、南大陸は酷暑期ということだ。

今日初めて南大陸を出た女王アウラが、北大陸北部の夏を『寒い』と表現するのも、ある意味自然なことと言えた。

「この部屋には、ウップサーラの者は入ってこないな？」

念を押す女王アウラに、侍女イネスは穏やかな口調のままはっきりと肯定する。

「はい。ゼンジロウ様がグスタフ王と交渉し、この別棟には許可なくカープァ王国以外の人間は足を踏み入れてはならない、という約定を取り交わしております」

「ならばよし」

侍女イネスの答えに満足した女王アウラは、しばらくの間黙って何度も立ち位置を変えながら、部屋の様子を脳裏に焼き付けるように、ずっと観察し続けた。やがて、確信が持てたところで、女王は口を開く。

「では、私はこれで帰る。言うまでもないが、このことは他言無用だ」

「承知しております」

「うむ。婿殿は後ほど私が送る手はずになっている。そちらも頼むぞ」

そう言い残すと、女王アウラは善治郎より遥かに手慣れた様子で『瞬間移動』の魔法を発動させると、忽然と消え去ったのだった。


後宮のソファーに座って待っていた善治郎が、ふと視線を横に向けるとそこには、先ほどまでは間違いなくいなかった、愛する妻の姿があった。

「ただいま、ゼンジロウ」

「お帰り、アウラ」

たった今、北大陸北部から帰ってきたばかりの愛妻を、善治郎はソファーから立って迎える。善治郎が『瞬間移動』で女王アウラを広輝宮に送り出してから、戻ってくるまでせいぜい十数分。

万が一もないと理解していたからこそ、善治郎も賛成したのだが、こうして問題なく戻ってきたところを見ると、改めてホッと安堵の息が漏れる。

向かい合ってソファーに腰を下ろすと、善治郎は真っ先に確認する。

「その様子からすると大丈夫だと思うけど、向こうではウップサーラの人間と鉢合わせにきた」

「ああ、問題ない。イネス達、こちらの人間以外とは一切顔を合わせずに、行って帰ってきた」

善治郎の問いに女王アウラは、そう答えた。

その会話からも分かる通り、先ほど女王アウラが行っていたことは、ウップサーラ王国サイドには秘密の、密入国である。大使館として貸し与えられているとはいえ、入国どころか相手国の王宮に密かに他国の王が無断侵入していたのだから、ばれた場合はかなり大きな弱みを握られるところだった。

だが、そうするだけの価値はあった。

「これで以後、広輝宮へは私も『瞬間移動』で人を送れるようになった」

「うん。いざという時のことを考えたら、かなり大きいよね」

現在、フレア姫の引っ越しとそれに伴う情報収集のため、あり得ない頻度で人と物が、ウップサーラ王国とカープァ王国を行き来している。今まではそれを善治郎一人で担当していたが、これで一方通行だけだが、女王アウラの手を借りられるようになった。

送る先は、原則カープァ王国の人間しかいない大使館の一室なので、しっかりと口止めしておけば、ウップサーラ王国側にばれることもないだろう。

「あんまりこっそりやることじゃないから、いずれはアウラの来訪許可をもらって、もっと大手を振ってアウラが『瞬間移動』で人を送れるようになるといいんだけど」

善治郎の言葉に、女王アウラも肯定の意を示す。

「分かっている。いずれはそうするべきであろう。この方法は、どう言ったところで密入国だからな。しかし、それももう少し状況が落ち着いてからだ」

そう言う女王アウラの意見が正しいことは、善治郎も理解していた。

たとえ非公式でも、一国の王が他国を訪れるとなると、受け入れ準備にはどうしても手間と時間がかかってしまう。今のただでさえ忙しい時にそれを申し出るのは、向こうからすると嫌がらせにしか思えないだろう。

善治郎はアウラと違い、『瞬間移動』を一日に二回しか使えない。いくら『瞬間移動』の魔道具もあるとはいえ、いざという時のことを考えたら、他国で『瞬間移動』を二回とも使い切った状態になるのはあまり望ましくない。

『成人の証』を立てる時は、やむを得ずその状態が続いていたが、本来はいざという時の脱出用に、王宮を離れている時は一回分は魔力を残しておくべきなのだ。

そのため、これまで善治郎は、ウップサーラ王国からカープァ王国に飛んだ時には必ずカープァ王国で一泊していた。

しかし、これからは違う。行きは善治郎の『瞬間移動』。帰りは女王アウラの『瞬間移動』。そうすれば日帰りをしても、ウップサーラ王国にいる善治郎には、もう一回緊急脱出用の『瞬間移動』が残される。気兼ねなく日帰りが出来るようになったということだ。

「それじゃあ、俺は今日中に向こうに戻らないといけないから、早速だけど情報交換をするね。結婚式は無事終了。フレア殿下は正式に俺の側室になった。こっちでは、結婚式はやらないんだよね？」

善治郎の言葉に、女王は笑顔で答える。

「ああ、そうだ。おめでとう、そしてありがとう、ゼンジロウ。これで我が国は、悲願だった大陸間貿易に大きな道筋をつけることが出来た。結婚式に関しては、やらぬ。あちらの地元でやったのだからな。こちらでやるのは、『お披露目』のための夜会か。私が出席するのは流石に無粋故、そこはそなたとフレア殿下だけで出席してもらうことになる」

「うわあ、大変そう。でも分かった、頑張る。それじゃ、結婚に関してはそれだけ。明日から、順次人をこっちに送ることになるけど、受け入れは大丈夫？」

善治郎の言葉に、女王は自信を持って首肯する。

「大丈夫だ。後宮は、別棟をすでにフレア殿下用にいつでも使えるようにしている」

「フレア殿下やスカジ、あと追加の侍女の人達はそれでいいとして、それ以外は？　最優先で送る人材として、船大工や造船所建築の指導者、それに鍛冶師のヴェルンドなんかもいるんだけど」

「ヴェルンドというのは、スカジと同じ、特別な意味を持つ名前なのだったな？」

女王の目が鋭く細められる。

「うん。国一番の鍛冶師に与えられる称号……いや、違うな。確かヴェルンドがいない時代の方が長いって言ってたから、国一番どころじゃない。それ以上の存在だね」

「国の宝、至宝とも言うべき人材ということだな。我が国でいえば、爺に近いかも知れぬ」

爺とは他でもない。宮廷筆頭魔法使いエスピリディオンのことを指す。実際、エスピリディオンは若い頃、トゥカーレ王国が比喩ではなく万金を積んで密かに引き抜こうとしたという逸話があるほどだ。

魔法使いと鍛冶師を同一視するわけにはいかないが、気安く他国に譲り渡せるような人材でないことは、間違いない。

「なぜ、そんな人物がうちに来るのだ？」

「本人の強い希望だって言ってた。もういい年だし、これまで十分に国には奉公した。残りの鍛冶人生は自分の野望のために使うって」

「野望？」

「何でも『竜殺しの武器』を作ることが夢だったんだって」

「なるほど」

表向きの理由にひとまず納得した女王アウラであったが、それを鵜呑みにするほど馬鹿ではない。

「裏があるな」

「やっぱり？」

「ああ、証拠はないが確実だ」

断言する妻に、善治郎も夫として、あまり得意ではない陰謀の裏読みの努力をする。

「……間諜の役割を担っているとか？」

「そういうことが出来そうな人間なのか？」

女王アウラの問いに善治郎は首を横に振る。

「俺にはとてもそうは見えなかった。いかにも実直で頑固者な、職人そのものって感じ」

「ならば違うだろうな。どれほどの才があったとしても、そこまでの鍛冶師になるには人生そのものを鍛冶に捧げるような生き様だったはずだ。そんな人間が腹芸まで身につけているとは考えにくい」

「そうか。となると、どういうことなんだろう？」

「分からぬ」

女王もお手上げと言わんばかりに、両手を小さく顔の横に上げた。実際、これだけの情報で、グスタフ王の決断とその腹の底を読み取ることは不可能に近い。

今、北大陸には既存の鍛冶を過去のものにする、水車送風式大型高炉という技術が台頭していること。古い鍛冶師として名声が高いヴェルンドは、その転換の邪魔となり得ること。ならば、本人の希望通り、今後大切な交易のパートナーとなる遠国にプレゼントしてしまった方が良い、と開き直ったことを、これだけの情報で読み取れるなら苦労はない。

「まあ、よい。我が国にとっては喉から手が出るほど欲しかった鍛冶師だ。まずはありがたくいただいておくさ。職人達はひとまず王宮預かりだな」

「そうだね。あ、ヴェルンドはこだわりの職人さんだから、炉を組む石や煉瓦まで自分でやるらしいよ」

「ほう？　ということは、ガラス製造にも助言がもらえそうだな。ガラス用の、高温でも焼き潰れない炉を組んでもらえるかも知れぬ」

「ガラス製造は相変わらず？　ビー玉製造はひとまず成功したんだよね」

「ああ、成功はしているが、炉を焼き潰しては立て直しながらなのは相変わらずだ。おかげで、数が作れん」

だから、高温に対応する炉が出来れば、次のブレイクスルーが起きるらしい。

着々と、準備は進んでいる。量産体制が完全に整えば、付与魔法のシャロワ王家と、本格的な話し合いをすることになるだろう。

「そなたがこちらに戻ってきて落ち着いたら、今度こそ、双王国に飛んで、ブルーノ前王を連れてきてもらうことになるな」

ブルーノ前王。善治郎が会った時にはシャロワ・ジルベール双王国国王ブルーノ三世だった男。善治郎をはめて、愛息善吉を矢面に立たせる陰謀を張り巡らせた男の名前に、善治郎は露骨に顔をしかめる。

「……了解」

それでも拒絶しないくらいの理性は善治郎にもある。

その話はひとまず置いておいて、北大陸に関する情報の交換を続ける。

「あと、報告しておいた方が良い情報は二つ、というか二人分。ズウォタ・ヴォルノシチ貴族制共和国のエウゲニウシュ卿と、オフス王国の戦士ケヴィンと面会した。そこで聞いた情報なんだけど……」

長い時間をかけて、善治郎がその情報を話している間、女王は、今日一番真剣な表情をしていた。

まずは、比較的有意義なエウゲニウシュから聞いた情報について感想を述べる。

「そうか。ひとまず戦争は共和国の勝利で決着。一番名声を得たのは、指揮官の一人である傭兵(ようへい)のヤン。そして、その傭兵を雇った名目上の全軍指揮官であるアンナ王女。そのアンナ王女が、王位簒奪を宣言したのだな」

懸念していた通り、正確に通じていないことを理解した善治郎は、困った顔でどうにか説明を続ける。

「簒奪じゃなくて、次の国王選挙への出馬を正式に表明したということ。共和国は選挙王政だから、王位継承権を持つ王族なら誰でも王に立候補する権利があるんだ」

「むう？」

善治郎より遥かに聡明な女王アウラであるが、流石に選挙王政を理解するには、基礎となる知識が足りなすぎる。今日中に向こうに帰ることが決まっている今、そこまで説明している時間はない。

「とにかく、あくまで正当な権利として王になる、王を目指すと宣言したらしいんだ。共和国でも過去、女の王はいないらしいから、前代未聞の事態だって言ってたよ。

タンネンヴァルトでの勝利でアンナ王女の国内人気はうなぎ上りだから、歓迎の声は上がってるらしい。ただ、それだけで特に傷のない兄王子を押しのけて、アンナ王女が王になれるとは限らないから、他にも大きなことをやろうとしてるんじゃないかと思ってる」

「最後のそれは、ゼンジロウ、そなた個人の感想だな？」

確認する女王に、王配は小さく首肯する。

「うん」

「そなたは、アンナ王女とは何度となく顔を合わせて、言葉を交わしているんだったな。その上で、そう予測したのか？」

「そうだね。あの人はそれくらいやりかねない、行動力に溢れた人だったと思う」

「なるほど……」

女王は考える。

元々、北大陸西部でも最大の大国、最高の先進国が、隣国との大戦に勝利して、波に乗っている。侍女が撮影したポモージエ港の画像をパソコンで見たが、その港は間違いなく、カープァ王国最大の港ワレンティアよりも大きく、洗練されていた。

そして、フレア姫からの情報では、共和国には『黄金の木の葉号』と同等の大型船が、最低でも五隻確認されているという。

「来るか、こちらに？」

ポツリと呟いた女王の言葉に、善治郎はびくりと身体を震わせた。善治郎はその目で、共和国の大きさを見ている。あくまで港街ポモージエという共和国の一部だけだが、その国力が脅威であることは理解しているつもりだ。

「それは、共和国も大陸間貿易に乗り出すということ？　それとも……」

それとも、の後を言葉にすることを善治郎はためらった。日本で言うところのコトダマというものを信じているつもりはないが、言葉にすればそれが実現してしまうような嫌な気持ちが胸にあるのだ。

　幸い、言葉にせずとも意味は問題なく伝わる。

「分からん。だが、最悪の場合を想定しておくべきだろう」

「そうだね」

　善治郎は全く実感もないまま、女王の言葉に相づちを打つ。

「それで、もう一人の話は何なのだ？」

「あ、うん。こっちはかなり荒唐無稽な話なんだけど。一応確認を取っておきたかったんだ。アウラは、マルグレーテの素性についてはどの程度把握してる？」

「む？　なぜ、マルグレーテの話になる？　オフス王国の戦士ケヴィンという男の話ではなかったのか？」

「そうだよ、その人の話。その話にマルグレーテが関係するんだ。すごい荒唐無稽な話なんだけど……」

　その後善治郎は女王アウラに、初老の戦士から聞かされたうんざりするほど長い話を聞かせたのだった。

エピローグ　後宮、二人目

それからさらに一月ほどの時が流れた。

その間、善治郎は毎日一人ずつ、『瞬間移動』でウップサーラ王国からカープァ王国へと送り続けた。

フレア姫、女戦士スカジ、フレア姫の世話をするお付きの侍女数人。ヴェルンドをはじめ特別待遇で迎えられる職人達。流石に全員送るのは無理なので、それ以外の人員は、『黄金の木の葉号』で百日近い時間をかけて海を移動だ。

さらには、善治郎についてきてくれた、騎士ナタリオらカープァ王国の騎士、兵士達。イネスに代表される侍女達。そして、特別ゲストともいうべき、シャロワ・ジルベール双王国の高位貴族ルクレツィアとその侍女フローラ。

そうした人員を、善治郎は一日一人ずつ『瞬間移動』で送り続けた。都合上、善治郎の帰国が最後になるのは仕方がないことだが、正直少し寂しくもある。

それ以上に、護衛や侍女を先に返すことには、身の安全や生活の不便さという問題があるのだが、幸いここウップサーラ王国は、カープァ王国と正式な国交を結ぶ一環として、広輝宮の離れの一つを、カープァ王国大使館として貸し出してくれている。そこには、大使館に駐在するカープァ王国の大使やその護衛の兵士などがいるため、善治郎も無防備な状態にはならずに済む。

そして最終日。最後まで側で仕えてくれた侍女イネスを送った後、善治郎は自らに『瞬間移動』の魔法をかけて、長い北大陸での生活に終止符を打ったのだった。

「お帰りなさいませ、ゼンジロウ様」

すっかり聞き慣れた、石室を護衛する兵士の言葉に目を開くと、そこは窓一つない石造りの部屋だ。決して絶やすことのない篝火が映し出す風景は、いつ来ても変化がない。昼も夜も、雨期も酷暑期もここは全く変化がない。だからこそ『瞬間移動』の移動先としては、最も安定している。

今回の北大陸行きで、数えきれないほどここに人を送ったり、自分が飛んだりを繰り返してきた善治郎は、ここへの『瞬間移動』だけはほぼ失敗しなくなっていた。次点は、ウップサーラ王国のカープァ大使館の一室か。そちらも、デジタルカメラの助けがなくても成功するようになっている。下手に色々な魔法を覚えていくよりも、『瞬間移動』で移動可能な拠点を増やしていく方が有益と言われるほど、時空魔法の中でも使い勝手の良い魔法である。

「ああ、ただいま。アウラ陛下は？」

「後宮でお待ちです」

予定通り女王アウラは、本日は仕事を入れずに後宮で待ってくれているらしい。

「ありがとう」

善治郎は礼の言葉を残すと、足早に石室を後にするのだった。


「ただいま」

「お帰り」

善治郎にとっての我が家と言える、後宮のリビングルーム。その扉を開くと、愛する妻である女王アウラが笑顔で迎えてくれた。

いつもならば、ここで固く抱き合い、口づけを交わすのだが、流石に今日はこの後のことを考えて自重する。

一足先に帰っていた侍女イネスは、休みなくそのまま清掃担当責任者としての業務に就いているようだ。

「こっちは問題なく終わったよ。一応念のため、しばらくの間は一月に一度、広輝宮のカープァ王国大使館に、俺が飛ぶということで話はついた」

今の北大陸は、目まぐるしく情勢が変化している。少々善治郎の負担を増やしても、情報収集は密に行っておきたいところだ。

グスタフ王としても、定期的に善治郎が来るということは、遠地に嫁がせた娘の情報が頻繁に入るということだし、大陸間貿易の相手国と連絡を密に取れるということでもある。断る理由はなかった。

「大任をよくやり遂げてくれた。カープァ王国国王として礼を言う」

「はっ」

後宮では滅多に発しない真面目な女王としての言葉に、善治郎も真面目に頭を下げる。

だが、次の瞬間、部下を労う女王の顔は、愛する夫の無事を喜ぶ妻の顔へと変貌する。

「無事で良かった」

「ありがとう」

帰ってきた。やはり、自分の帰る場所はここなのだ。善治郎はその実感を強める。

善治郎にとって我が家というべきカープァ王国後宮。しかし、そこも不変の場所ではない。リビングルームに控える若い侍女達の顔を見渡し、善治郎は問う。

「こっちは問題なく移行した？　あんまり顔ぶれは変わっていないように見えるけど」

善治郎の問いに、女王アウラも視線を侍女達に向けながら笑顔で答える。

「ああ。あちらはあちらが連れてきた人員もいるからな。ひとまずこちらから差し出した人員は六人だけだ。向こうが名指しで希望して、本人も前向きだったためニルダと、あとは新人に向こうに行ってもらった」

ニルダ・ガジール。ガジール辺境伯家の次女で、比較的最近後宮にやってきた小柄な少女である。言われてみると、ニルダの姿は見当たらない。

ニルダは後宮侍女になる前、ガジール辺境伯家の館や王宮で、フレア姫と個人的な親交がある。あくまで善治郎の主観だが、二人は非常に打ち解けていたように見えた。

異国に嫁いできたフレア姫が、数少ない気の合う知り合いを侍女として求めるのは必然と言えるだろう。

ちなみに新人は、善治郎が北大陸に行っている間に女王アウラが新たに募集した人員である。今回は完全に善治郎とは無関係の人材のため、年齢や未婚既婚、容姿は一切不問。侍女としての能力と王家に対する忠誠心だけを基準にピックアップされた。特に重要視されたのが、王家に対する忠誠心である。

なにせ、後宮侍女でありながらフレア姫という外国のお姫様付きになるのだ。万が一にもフレア姫に取り込まれては事である。

ラフな部屋着に着替えた善治郎はソファーに座り、冷蔵庫から取り出した氷水で喉を潤す。何となくソワソワしているのがアウラには分かる。

やらなければならないことがあって、やりたくないわけではないのに、喜び勇んでそれに向かうことに、引け目を感じている。そんな夫の内心を正確に読み取った正妻は、努め

て陰のない笑顔を作ると、

「ゼンジロウ、もうあっちも準備は整っているのではないか？」

そんな言葉で、そっと夫の背中を押す。押し出す方向は、別な女が待つ部屋。

平民から見れば歪（いびつ）な男女関係だが、カープァ王国の王侯貴族ならば、多くが経験していることだ。

「アウラ……」

一方、促された善治郎は少し驚いたような、同時に寂しそうな表情で愛する妻を見る。

「国の都合で、そなたには難しい人間関係を強いることになる。だから、これだけは言っておくぞ。そなたが気に病むようなことは何一つない。この状況を一番望んだのはフレア殿下で、それを進んで受け入れたのは私で、最後まで抵抗したのがそなたなのだ」

だから、気にする必要はないのだ。言葉は違うが、アウラからはもう何度そう言われてきたか分からない。その理屈は分かるが、今日まで善治郎を育んできた価値観に基づく感情が、どうしてもその理屈をのみ込ませてくれない。

のみ込めないまま、ここまで来てしまった。ここまで来て尻込みすることは許されない。

「ふー、よしっ」

深呼吸をして気合いを入れた善治郎は、勢いをつけてソファーから立ち上がる。

「それじゃ行ってくる！」

「ああ、行ってらっしゃい」

ゆっくりと立ち上がった愛する妻に見送られ、善治郎はリビングルームを後にするのだった。


リビングルームを出た善治郎はその足で、後宮の本棟から一度中庭に出る。

「うわ、流石酷暑期」

中庭に燦々（さんさん）と降り注ぐ太陽に、善治郎は悲鳴じみた声を上げる。酷暑期の太陽は、物理的な攻撃力すら有しているのではないかと錯覚するほどだ。

さほどの距離も歩いていないのに、Tシャツジーンズ姿の善治郎がすでに汗だくになっているほどだ。

善治郎は早足で中庭の芝生の上を進む。途中、噴き上がる噴水の横を通る時、その冷気に誘惑され、足を止めかけたが、すぐにまた早足で歩き出した。いくら噴水横が他より涼しいとは言っても、直射日光の真下であることに変わりはない。

逃げるように歩みを進めた善治郎は、後宮の別棟へとやってきたのだった。

善治郎が後宮の主となってから今日までは、ずっと後宮本棟で生活していたが、後宮は本来、一人の男と複数の妻が暮らすための空間だ。同じ男の元に嫁いだ女同士を同じ建物で暮らさせるというのは、狭い水槽で複数の鮫を飼うようなものである。

だから、後宮は複数の建物に分かれている。後宮別棟。ここが王配善治郎の側室となったフレア・アルカト・カープァの新たなる拠点である。

「ようこそお越し下さいました。いらっしゃいませ、ゼンジロウ様」

通された別棟の一室で、フレア姫が満面の笑顔で善治郎を迎える。

「はい、寄らせてもらいました、フレア殿下。お邪魔します」

そう答えながら、善治郎は初めて足を踏み入れたその部屋の中を見回す。

広さは、本棟のリビングルームと同じくらいだ。家具として置かれているソファーやテーブルなど家具のたぐいも、カープァ王国が用意したもののため、よく似通っている。

しかし、決定的な違いがある。ここには、善治郎が日本から持ち込んだ電化製品がない。

その代わり、双王国から購入した霧を発生させる魔道具で、涼を取っていた。善治郎の体感では、室温はまだ三十度以上ある気がする。無論それは、四十度を超える酷暑期の昼間を思えば画期的な涼しさだが、エアコンの効いている本棟寝室を知っていると、これで北大陸北部育ちのフレア姫が本当に大丈夫か、心配になる。

「不自由はしていませんか？　足りないものがあるのでしたら、取り寄せますから、遠慮なく仰って下さい。ただし、ウップサーラ王国にしかないものは、早くても取り寄せは一ヶ月後になりますから、そこは我慢して下さい」

善治郎の言葉に、対面に座るフレア姫は小さく笑う。

「ありがとうございます。それでは、一つだけ。今までもアウラ陛下のご温情で毎晩大きな氷を届けていただいているのですが、あれは今後もお願いします」

「分かりました」

どうやら、善治郎が言うまでもなく、熱帯夜対策は女王アウラがすでに動いてくれていたようだ。この霧を発生させる魔道具と、冷蔵庫で作った氷塊があれば、どうにか別棟の寝室も、フレア姫が熟睡できるくらいには室温が下がるらしい。少し安心した善治郎である。他人事ではない。今夜の善治郎の寝床でもあるのだ。

フレア姫は感心を通り越して呆れたように溜息をつくと、

「それにしても、ウップサーラ王国から取り寄せるのは一ヶ月後、ですか。本当に距離感が狂いますね」

そう言って苦笑する。確かに、本来特別な大型船で、命がけ百日の航海が必要な距離を、毎月一回往復すると聞かされれば、呆れるしかない。

当初は二度と故郷に戻れない覚悟すら固めていたフレア姫としては、拍子抜けというか、下手に悲壮感と覚悟を抱いていた分、気恥ずかしさすら感じてしまう。

とはいえ、善治郎の申し出が非常にありがたいものであることは間違いない。

「取り寄せるだけでなく、こちらから向こうへの配達もお願いしてよろしいでしょうか？　私だけでなく、こちらに連れてきた侍女達も、近況をしたためて故国の家族に渡したいと思うのです」

ついでに、珍しいものが手に入ったら、そうしたお土産も故郷の家族に届けて欲しいとフレア姫は言う。

「ええ、分かりました。何でしたら返事の手紙も受け取ってきますよ」

「お願いします」

フレア姫の言葉に、後ろに控えている侍女達も少し口元をほころばせた。

行動力の塊で、自らの意志で南大陸にやってきたフレア姫と違い、彼女達は上からの命令で南大陸に送られてきた人員だ。善治郎としても可能な限り配慮はするつもりだが、それでも文化、気候の違いは大きい。深刻なホームシックにかかる者は絶対に出ると、善治郎は睨んでいる。

かといって侍女を全てカープァ王国の人間で固めては、今度はフレア姫の心が持たない。どれだけ親身に世話をされても、根本的な価値観にズレのある異文化圏の人間しか周りにいないというのは、ストレスになるものだ。

北大陸から連れてくる侍女は、任期一年程度の交代制にすることも考えていた。

「スカジも、必要なものがあったら遠慮なく申し出るように」

善治郎はそう言って、いつも通りフレア姫が座るソファーの後ろに立っている長身の女戦士スカジに水を向ける。

女戦士スカジは急な言葉にも驚くことなく、いつも通りの生真面目な表情で答える。

「はっ。ありがとうございます。それではお言葉に甘えまして、武装について相談したいので、王宮のヴェルンド様と連絡を取っていただきたいのですが」

「武装？　それは既存のものではなく？」

問い返す善治郎に、女戦士は力強く頷く。

「はい。失礼ですがこちらの国の武器では、私達が身につけた祖国の武技は十全に発揮できません。かといって故郷の防具は、こちらで使うにはあまりに暑すぎます。その辺りの兼ね合いについて、ヴェルンド様に相談したかったのです」

スカジが言うには、ウップサーラ王国では全身ではなく腕、胸、脛（すね）、足の甲など、一部に分厚い金属を用いた防具が一般的なのだという。

そして闘技も、相手の攻撃を単純に回避するだけでなく、そうした分厚い部分で攻撃をあえて受け止める防御方法が身に染みついているらしい。もちろん、スカジほどの達人ともなれば、大概の相手ならばそんなことをせずとも、全ての攻撃を掠らせもせずに完全回避して戦うことも難しくはないが、強敵や多数の敵を相手にする時には、身についた本来の防御手段を取れるか取れないかは、大きい。
だから、南大陸の暑さの中でも、同じような防御が出来る防具を欲しているのだとい
う。護衛として最善を尽くそうとする、女戦士の発言には善治郎も感心するしかない。
「分かった。会えるよう手配しておく。流石にヴェルンド殿を後宮に入れる許可は難しい
ため、スカジ殿が王宮に出る形になると思う。フレア殿下とよく相談しておくように」
「はっ、ありがとうございます」
「スカジ。後宮にいる限り、私の護衛は必要ありません。私のことはあまり気にせずに、
行ってきて下さい」
「はっ」
主であるフレア姫の言葉に、スカジは何とも中途半端な表情で返す。スカジとしては、
後宮の守りに大事な主を任せきれるほどの信頼は置いていないのだろうが、それを後宮の
主である善治郎の前で言うのは憚られるのだろう。
「…………」
「…………」
事務的なやり取りが終わると、しばし善治郎とフレア姫の間に、無言の時間が流れた。
アウラとならばむしろ心地良くすらある無言の時間の共有が、フレア姫だとまだ何とも
居心地が悪い。これも、時間が解決する問題なのだろうか？

善治郎がそんなことを考えていると、フレア姫が一つ大きく深呼吸をして、

「スカジ、みんな。しばらく隣室に下がっていて下さい。私は、ゼンジロウ様にお話があります」

よろしいですか？　と善治郎に問う。善治郎が頷くと、スカジも侍女達も下がり、部屋には善治郎とフレア姫だけが残された。

「…………」

「…………」

再び沈黙の時が流れる。フレア姫とは随分長い付き合いだが、こうして完全に二人きりになることは珍しい。たいてい隣には女戦士スカジがいた。そのスカジすら下がらせて何を言おうというのだろうか？

沈黙の中、対面のソファから立ち上がったフレア姫は、少し強引に善治郎の隣に席を移す。

自然と緊張してきた善治郎に対し、フレア姫はその氷碧色の双眼でしっかりと善治郎の目を見つめると、その名を呼んだ。

「ゼンジロウ陛下」

「はい、何でしょうか」

反射的に返事をした善治郎に、フレア姫は明らかにわざとらしい大げさな口調で言う。

「そう、その口調です。ゼンジロウ陛下がご帰国されるまでの間、アウラ陛下と何度か話し合いの場を持った時に教えていただいたのですが、その丁寧な口調はゼンジロウ陛下本来の口調ではないとか」

「ええと、そう、ですね」

何となく、アウラと結婚した『初夜』の会話を思い出しながら、善治郎は首肯した。状況も似ていれば、言い出した内容も似ている。ならば、そこから続く言葉も容易に想像がつく。

果たして善治郎の予想は、当たっていた。

「私とゼンジロウ陛下は、夫婦となるのです。本来の口調でお話しいただけないのは寂しいです」

「ええと、それは……」

一人で困っていても追及はやまないため、善治郎は素直に白状する。

「それはちょっと難しいです。アウラ陛下の時はさほど長い時間改まった口の利き方で接していませんでしたから、修正も容易でしたが、フレア殿下とはこういう感じで、すでに一年以上お付き合いをしてしまいましたから」

とはいえ、婚姻を結んだのに今のような態度がずっと続くのは不自然だということは、理解できる。

「ですから、ある程度長い目で見てはもらえませんか？　いえ、もらえないかな？　俺も努力はするけど多分すぐには切り替わらないと思うから」

苦労しながらも、どうにか素の口調で話しかける善治郎に、フレア姫は口元をほころばせる。

「分かりました。少しずつ、慣れていきましょう」

「はい、じゃない。うん。ええと、フレア殿下はその口調が普通なのかな？」

善治郎の問いにフレア姫は、少し首を傾げて考える。

「そうですね……父、母、兄、スカジが相手でもこの口調ですから、これが普通だと思います。強いて言えばユングヴィ相手にはもっと砕けた口調になりますけれど、あれは普通の口調というより、子供の頃の口調ですから」

流石に母親の胎の中からずっと同じ時間を生きてきた双子の弟は、ある種特別な相手のようだ。

「それならいいけれど。これは俺もアウラから言われたことなんだけど、後宮はくつろぐためにある空間なんだから、無理はしないでいいからね」

「………ありがとうございます」

善治郎の言葉に、銀髪の姫君はしばし間を置いた後、笑って礼を言った。

先ほどフレア姫が言った通り、フレア姫と女王アウラは、フレア姫が後宮入りしてから善治郎のいない所で何度も会談の場を設けていた。

　そこで、フレア姫は女王アウラにはっきりと言われている。

「我が国に嫁いできたとはいえ、そなたにも祖国がある身。故に、祖国に利益を誘導しようとすることは理解する。そなた個人の目的である航海、冒険のため、根回しをすることも目を瞑る。婿殿の寵愛を私と競い、その分野において私を超えようとすることは、側室として至極当然の権利である。

　だが、この後宮は第一に、婿殿が心安らかに休むための空間である。婿殿は自分の周囲の人間がいがみ合うことをとかく嫌う。故にそなたもその方の侍女達も、競争心や対抗心が他者への攻撃性となって、婿殿の心労となることがあれば、それは我が国にとって大陸間貿易を諦めることも検討するほどの不利益であると心得よ」と。

　ようは、暗躍や寵愛競争をするのもいいが、それを善治郎に悟られて心労を掛けるようなら、最悪離婚までいくペナルティがあるぞ、と釘を刺されたのである。

　もちろん、そんな内幕を善治郎に話せるわけがない。

　女王アウラに言われた通り、闘志と向上心は内に秘め、フレア姫はにっこり笑う。

「言葉遣いと言えば、一つだけ直してもらわなきゃ駄目なことがあったんだ。これはフレア殿下だけじゃなくて、スカジや他の侍女の人達全員だけど、俺のこと『陛下』と呼ぶのやめてね。この国では本来、陛下と呼ばれるのは国王経験者だけだから」

カープァ王国では王妃の敬称も殿下なのだ。しかし、善治郎は歴史上初の女王の夫という難しい立場だ。その善治郎を陛下と呼べば、まるで王として扱っているかのような誤解が生じるし、かといって殿下と呼べば、男でありながら、女であるアウラ陛下よりも下に置いているように取られる。

そのため、当初はカープァ王国でも善治郎を陛下と呼ぶ者もいたが、今では善治郎のことは公式、非公式問わず、単に『ゼンジロウ陛下』と呼ぶことが一般的になっていた。

諸外国の人間は未だに善治郎のことを『ゼンジロウ様』と呼ぶことが多いが、フレア姫もカープァ王国に籍を移した以上は、その呼び方はやめてもらう必要がある。

「なるほど、承知いたしました。後でスカジ達にも厳命しておきます。それでしたら、私ももうウップサーラの王女ではなく、カープァ王国の側室なのですから、『殿下』はおやめ下さい」

ニコニコとそう言ってくるフレア姫の言葉は、流石に善治郎もこの流れから、ある程度予想していたものであった。

「うん、分かったよ。フレア」

ここで下手に言い淀むと、後々まで尾を引く。そう感じた善治郎は、少し早口になりながら、一息にそうフレア姫の名前を呼んだ。

「はい、ゼンジロウ様」

フレア姫は心底嬉しそうな笑顔で、応える。

「ええと、そっちは様付き？」

「目上の殿方を呼び捨てに出来る教育を受けておりませんので、そこはご勘弁下さい」

フレア姫はそう言って苦笑した。

「あ、うん、分かった」

ここで呼び捨てにしてくれ、と言うのは相手にとって負担だと善治郎にも理解できる。

「これからよろしく、フレア」

「こちらこそ、よろしくお願いします、ゼンジロウ様」

善治郎が恐る恐る伸ばした手を、銀髪の姫君はしっかりと握り、そのまま倒れ込むように、善治郎の胸にその顔をうずめる。

「…………」

善治郎は、そっと空いている左手を、胸に倒れ込んだフレア姫の背中に回すのだった。

〈『理想のヒモ生活14』へつづく〉

付録　主と侍女の間接交流（人事異動）

北大陸で、善治郎とフレア姫が、無事結婚した。

その発表を聞いたカープァ王国の後宮侍女達は、喜びに沸いた。彼女達にとって、善治郎は良き主である。その主の結婚という慶事を喜ばないひねくれ者はここにはいない。

だが、喜びに沸いたのもほんの一瞬。次の瞬間には、悲壮感すら漂わせるひどく真面目な表情を浮かべた。理由は簡単だ。

善治郎とフレア姫が結婚したことで、フレア姫のカープァ後宮入りが正式に決定したからである。フレア姫がやってくるのは、おおよそ一ヶ月後。

もちろん、これまでにも事前の準備は進めていたが、正確な日時が決まらなければどうにもならない部分もある。

増やす食料の手配、寝具の最終点検、着替えの整頓。フレア姫が入る別棟の最後の大掃除など。後宮には、緊急の大仕事という嵐が吹き荒れた。

「寝具、持ってきました！」

「寝室の掃除終わってるから、入れて下さい」

「別棟勤務用の侍女部屋は、いくつ用意しますか？」

「正確な人数はまだ分かりません。念のため十人分用意しておきましょう」

「確実にいらっしゃるのが、ヴィクトリア様です。フレア殿下の腹心で、護衛でもあります。フレア殿下の近くに私室をご用意します。失礼のないように」

「ヴィクトリア様は、後宮でも武装が認められています。武器、防具の置き場所を確認して下さい」

アマンダ侍女長と各部門責任者の指示の下、若い侍女達は労働力として駆け回る。

酷暑期の熱気にも負けず、真面目に働く若い侍女達と、その進捗状況を見守っていたアマンダ侍女長は、小さく溜息をついた。

「これは、今回はいいとして、恒常化していい状態ではありませんね」

「何か、手はあるのかい？」

独り言のつもりが返事が返ってきたことに、中年の侍女長は眉をしかめながら、その言葉に答える。

「ヴァネッサ、こんな所にいてよいのですか？」

侍女長の言葉に、恰幅（かっぷく）の良い中年の侍女――調理担当責任者ヴァネッサは全く悪びれることなく笑う。

「問題ないさ。今日の昼食はアウラ陛下もいらっしゃらないしね。自分達の賄いだけなら、まだまだ余裕さね」

人手が足りないため、今日の厨房は調理担当責任者であるヴァネッサが一人で切り盛りすることになっている。主が二人ともいないため自分達の食事の用意だけとはいっても、一人で切り盛りするというのは、流石というしかない。

「それで、何か手はあるのかい？　これがいつも出来ることじゃないって意見には、私も賛成さね」

アマンダ侍女長の隣に並んだヴァネッサは、そう言って一転深刻な表情を浮かべる。

側室を取り、後宮の生活空間が広がれば、その空間の維持に必要な人員は倍増する。もちろん、女王アウラも馬鹿ではない。この事態に備えて、かねてから後宮侍女の増員は続けていたのだが、数を増やすのにも限度がある。なにせ後宮だ。そこは王族の生活空間。王族という貴人が最も気を抜く、最も無防備になる空間だ。そのため、常勤させる人間は厳選せざるを得ない。足りなければ増やす、という選択が容易には取れないのである。

「清掃、庭園、浴室担当の下に、下女を入れることをアウラ陛下に提言します」

「おい、大丈夫なのかい？」

アマンダ侍女長の言葉に、豪胆なヴァネッサも驚きの声を上げる。

下女とは労働力として王宮が雇っている女のことだ。男は下男と呼ぶ。後宮でもすでに下男下女は使っている。一番分かりやすい例が洗濯だろう。後宮侍女が朝に集めた汚れ物は、ひとまとめにして後宮外に出され、それを下女達が洗濯しているのだ。その時、前日洗濯を済ませた衣類やシーツを、後宮侍女達が受け取る。

他にも、後宮に搬入される野菜を洗ったり、下男の場合は風呂に使う薪(まき)を割って搬入したりもしている。

だが、今アマンダ侍女長が言っていることは、根本的にそれらとは異なる。

洗濯をしたり、野菜を洗ったり、薪を割ったりという行為は、別段後宮に入らなくても出来る。だが、部屋、浴室の清掃や、庭園の手入れは、どうやっても後宮に入らないと不可能な作業だ。

その仕事に下女を使うということは、下女を後宮に入れるということになる。

「下女の中でも、身元のしっかりしている者を厳選します。その上で、後宮内担当になった者は任を解かれるまで王宮住み。後宮には、時間を限定して仕事の際だけ入るようにします」

すでに腹案は固まっているのだろう。アマンダ侍女長は、そうスラスラと淀みない口調で言う。

大半が貴族である侍女と違い、下女は全員が平民だ。だが、一口に平民と言ってもその家柄は千差万別。平民落ちした下級貴族家の次男次女もいれば、何代遡ってても平民という者もいる。その中から、比較的素性のしっかりした者を厳選するのだという。

信を置けない者を後宮に入れる問題の一つに、情報の流出がある。

その情報を遮断するために、後宮内に割り振られる下女達はその担当が終わるまで最低一年、王宮の住み込みになってもらうのだ。その上で、後宮に入っている時間は清掃等を行うわずかな時間のみに限定することで、後宮の情報を極力入手できないようにする。

もちろん、ここまで不自由を強いる以上、後宮清掃の下女への支払いは通常の下女の給金より、かなり割増しにしなければならないだろうが、同じ人数の後宮侍女を増やすことを思えば、圧倒的に割安だ。

侍女長の言葉に、ヴァネッサはその太い腕を組んでしばらく考えてから、口を開く。

「うーん、それなら大丈夫かね？　けど、その子らは厨房には近づかせないでおくれよ」

ヴァネッサが預かる厨房は、女王アウラと王配善治郎が口に入れるものを扱っている部署だ。ある意味、最も厳重に守られなければならない部署と言える。その辺りについては、ヴァネッサはしっかりと目を配っている。

「それは当然のことです」

調理担当責任者の訴えに、アマンダ侍女長は、生真面目な表情で首を縦に振った。

後宮内に下女が入るという噂は、驚くほどの速さで、若い侍女達の間にも広まった。

その日の夜。仕事を終えて自室に戻ってきたフェー、ドロレス、レテの通称『問題児三人組』も、油皿の薄明かりの下、その話で盛り上がっていた。

「聞いた聞いた？　清掃や庭園の仕事に下女が入るって話。くー、ついに私達にも部下が出来るのよ、部下が」

とすっかりテンションを上げて、夜には相応しくない大きな声を上げるのは、小柄なくせ毛の少女——フェーである。

その言葉を受けて、対面のベッドに腰を掛けている長身長髪の少女——ドロレスが呆れたような声を出す。

「バカ、声が大きいわよ。大体何はしゃいでるのよ。部下っていっても、その時だけの臨時でしょ」

冷めた声で言うドロレスにも、フェーのテンションは下がらない。

「何言ってるのよ、部下よ部下！　やっぱり最初が肝心よね。何て言ってやろうかしら。ちゃんと指導してあげないと」

後輩が出来た時もそうだったが、どうやらフェーは自分が下の面倒を見るということに、やたらテンションを上げる質らしい。

フェーは小柄で童顔なため、妹的な扱いをされることが多いせいか、目下の世話を焼くという行為に喜びを感じるのかも知れない。

「でも、下女の人達が来ると私達の仕事も全然変わっちゃうでしょー？　ちゃんと出来るか、私心配ー」

のんびりした口調で、だが結構深刻な表情でそう言うのは、一際豊かな胸元が特徴的な侍女――レテである。

レテの言っていることは事実である。現在、後宮侍女達がやっている直接的な労働というのは、本来、貴族女性が大半を占める侍女の仕事ではないことが多い。人手が限られる後宮ならではのことなのだ。

そこに制約があるとはいえ下女が入るということは、仕事の配分も通常のそれになる。つまり、肉体労働は下女の仕事となり、侍女であるレテ達はその監督が仕事となる。

レテの言葉に、意外そうな声を上げたのはドロレスだ。

「え？　レテそっちが苦手なの？　家柄からしたら私なんかより貴女の方が、よっぽど人を使うことに慣れてるでしょ？」

問題児三人組の家柄は、フェーは別格として、次がレテでドロレスが一番下になる。

そのドロレスでさえ実家では、自分で家事をするより下働きを使う方が慣れているのだ。自分より良い家の令嬢であるレテが、下働きを使うことを苦手としていることに違和感を覚える。

　その言葉に、レテは元から垂れ目の目元を困ったように下げると、

「うーん、確かに家ではそうなんだけどー、個人的には苦手ー」

　レテが言うに育ちの問題ではなく、単純に個人の資質の問題らしい。雇っている人間に仕事をやってもらうのと、仕事として雇い人を監督するのは違う、というのがレテの主張だ。

「そういうものかしら？　自分で全部やるより、人に指示する方がずっと楽だと思うのだけれど」

　首を傾げるドロレスには、いまいち共感できない感覚のようだ。良く言えばそれだけドロレスは貴族的、悪く言えば図太いのだろう。

「そうよ、私達は指示する立場。ただ、指示をすればいいの」

　嬉しそうに言うフェーに、ドロレスは少しドスの利いた声で脅す。

「正確に言えば、指示するだけじゃないわよ。アマンダ侍女長や各部門の担当責任者の方達を見なさい。いざという時は、私達と一緒に作業もしているでしょ。その上監督責任だってあるんだから。担当している下女が粗相をしたら、監督者も責任を取らされるのよ」

　私はあんたがうっかり首になるところなんて見たくないからね、というドロレスの小言に、フェーは嬉しそうに笑ったのだが、幸か不幸か部屋は暗いため、ドロレスはその笑み

に気がつかなかった。

「それにしても、ついに後宮にゼンジロウ様とアウラ陛下以外の人が来るのね」

感慨深げに呟くドロレスの言葉に、フェーとレテも頷く。

「うん」

「なんか、まだ実感湧かないねー」

正確に言えば、カルロス・善吉とファナ・善乃の赤子二人もいるのだが、世話はしていても、それはあまり人がいるという感覚ではない。

善治郎と女王アウラ。それに自分達後宮の侍女達。それだけで後宮は完結していた。その期間はほんの数年。決して長い時間ではないのだが、あまりに心地良かった。そこに入ってくるフレア姫という『異物』。

いや、フレア姫は正式な側室であり、間違っても異物ではない。それを異物と感じてしまうほどに、侍女達にとって今までの後宮は心地が良かった。だから、誰もが恐れている。フレア姫が来ることで、後宮に起こる変化を。なにせ、現状に何一つ不満がないのだ。不満のない現状に起こる変化というのは、高い確率で状況の悪化を意味する。

そんな中、一番のんきに構えているのは間違いなく彼女達問題児三人組だろう。彼女達はアマンダ侍女長から、『善治郎付き』をすでに仰せつかっているのだ。

その気安い態度が善治郎に気に入られている、と言えば聞こえは良いが、「他国の姫様に、これがうちの後宮侍女だと勘違いされては困る」と漏らしたアマンダ侍女長の言葉こそが、真の理由である可能性は高い。

「誰が別棟勤務になるんだろ？」

「新人も採るみたいだから、そっちの人達が中心になるのかもー？」

「その方が無難かも知れないわね。本棟勤務の快適さを知ってる人間が、別棟勤務に回されたら、大変よ」

自分達が別棟勤務になることは絶対にない。ある意味、他人事であるからこそ、問題児三人組はのんきに構えていた。

数日後、フレア姫付きの別棟勤務となる人員が発表された。その大半は、レテが予想したように新人であったが、一人だけ予想を外れ、既存の後宮侍女からの転向組が存在した。

ニルダである。

酷暑期特有の長い昼休みは、どれほど忙しくても確保される。酷暑期真昼の直射日光は、比喩ではなく殺人的なので、当然と言えば当然である。

長い昼休みは基本的に食事の後、午後の仕事に向けて昼寝などでゆっくり身体を休めて英気を養うことになっているのだが、若い侍女達はそこまで真面目ではない。

昼食が終わった後も、そのまま侍女用の食堂に残り、噂話に花を咲かせるのが、大概の若い侍女達の日課である。そうした息抜きの重要さも理解しているアマンダ侍女長は、仕事に支障がない限り、黙認していた。

その昼休み、問題児三人組は、ニルダと同じテーブルの席に着き、話を聞いていた。

ニルダと日頃組んで仕事をしている、ルイサとミレーラも同席している。

一通り、ニルダの口から事情を聞き終えた後、最初に口を開いたのはドロレスだった。

「つまり、アウラ陛下からの打診は数日前にあったのね？　それを貴女は受け入れた。強制だったわけではないのね？」

そう問いながら、ドロレスは正直答えづらい問いであると考える。

女王自らの打診など、表面上の言葉はどうあっても事実上の命令のようなものだ。

それが分かっているから通常、ある程度良識のある権力者は、相手に選択肢を与えたいと思う時には、人づてに『噂』という形を取って本人の意思を確認する。だが、今回は時間がなかったため、直接的な呼び出しという形になったらしい。

幸いだったのは、ニルダと名乗るこの小柄な少女には、そうした機微が最初から分かっていなかったこと、そもそもその打診を断るつもりはなかったことだ。

ニルダは無防備なほどに邪気のない笑みを浮かべると、

「はいっ。フレア殿下から名指しでご指名を受けたそうです。とても光栄なことですから、お受けしました」

そう本当に嬉しそうに、弾んだ声で言う。

「そう言えば、ニルダは後宮に入る前、フレア殿下と面識があったんだっけ？」

思い出したようにポンと手を叩くフェーの言葉に、ニルダは笑顔のまま肯定する。

「そうです。おねえ……姉の結婚式に、ゼンジロウ様のパートナーとして出席して下さいまして、そこで面識を得ました」

その後、王宮でも一度会っているし、年が近いこともあり、最終的にニルダとフレア姫はかなり打ち解けた。その少女が後宮で侍女をしていると聞けば、フレア姫が彼女――ニルダを自分の侍女に欲するのは、当然の流れだろう。

カープァ王国側から、別棟に出す侍女は六人。ニルダ以外の五人は新人となっている。うち三人は既婚者で、アマンダ侍女長や各部門担当責任者と同世代なのだが、立場的にも実家の家格的にも、何よりフレア姫との個人的な距離からも、ニルダがフレア姫付きカープァ王国側侍女の代表となると思われる。

その単純な事実に、恐らくこの時点でニルダだけが気づいてない。

「ニルダがそう決めたのならいいけれど、大丈夫ー？　別棟勤務になったらこっちのリビングルームや寝室には出入りできなくなるよー？」

リビングルームには冷蔵庫や扇風機、寝室にはエアコンがある。もちろん、その使用権は善治郎にあるのだが、後宮侍女達も日常的にそのおこぼれにあずかっている。今、彼女達が飲んでいる果実水にも氷が浮かんでいるくらいだ。

今更、電化製品の恩恵が受けられない生活は嫌だ。それは、後宮で働く若い侍女ならば誰もが大なり小なり抱いている感情である。

そんなレテの心配に、ニルダは相変わらず小動物のような笑顔で、予想外のことを言う。

「それはちょっと残念です。あ、でも、携帯ゲーム機を借りたり返したり、ジュウデンのためには戻ってくるので、その時ちょっとこっちでお休みさせてもらうかも、です」

「携帯ゲームって、貴女あれ、持ち出すつもりなの？」

呆れた声を上げたのはドロレスだが、表情は他の面々も共通している。

そんな先輩、同僚の反応に、ニルダは全く臆することなく首肯する。

「はい。ゼンジロウ様が許可して下さいました。でも、他にも遊ぶ人はいるから、順番は守るようにって、言われました。あ、皆さんも遊ばれますよね？」

善治郎は『瞬間移動』で、ウップサーラ王国とカープァ王国を忙しく行き来している真っ最中なのだが、どうやらわずかなカープァ後宮滞在時に、ニルダは直接その件について許可をもらったらしい。

ニルダの答えに、フェー、ドロレス、レテは顔を見合わせるが、それ以上何も言わなかった。あまり人のことを言える立場ではないことを、思い出したのだろう。そもそも、携帯ゲーム機を借りて遊び倒している常習犯は、問題児三人組である。ニルダをこの道に引き込んだのもだ。

不都合な話が続くのを防ごうとしたのか、フェーは早口で無理のある話題転換を図る。

「でも、ニルダだけ向こうに行くということは、三人組が分かれることになるわね。ルイサとミレーラは大丈夫?」

先輩からの言葉に、ニルダの左右に座っていたルームメイト達は連続して口を開く。

「問題ありません。私の任務に変更はありませんから」

きびきびとした口調で言うルイサはいつも通りで、

「将来的には私も別棟勤務になる可能性もありますけれど、ひとまずは現状のままということになりました」

柔らかな口調で言う、ミレーラの言葉には少し含みがある。

実は、ミレーラは養父であるマルケス伯爵から連絡を受けていた。

フレア姫の双子の弟にあたるユングヴィ王子という人物が、カープァ王国の高位貴族から側室を取りたいと、希望しているという。まだ、全く非公式の段階だが、女王アウラも乗り気を示しているらしい。

ミレーラはマルケス伯爵の姪で養女だ。若い未婚の高位貴族という条件は満たしている。

もし、ミレーラがユングヴィ王子の側室を狙うのだとすれば、双子の姉であるフレア姫の侍女をやっておくというのは、将来を見据えて良い選択肢だと言える。

とはいえまだまだ仮定の話である上、正式決定すれば残りの人生を異国で過ごすことになる選択肢だ。マルケス伯爵も、ミレーラ自身もすぐに飛びつくような話ではない。

（あちらに行った場合、こちらに帰ってこられる手段は、事実上ゼンジロウ様の『瞬間移動』だけ。となると、ゼンジロウ様との親交を深める方が先決です）

後宮侍女が、主である善治郎と親しくなる。そのためのお手本は、目の前に座っている三人だ。

問題は、貴族令嬢の優等生であるミレーラが『問題児三人組』を見習うというのは、海豚が豚の真似をするくらいにかけ離れているということだ。

「別棟勤務といっても、すぐそこです。これからもよろしくお願いします」

ミレーラの計算など全く知るよしもないニルダは、ニコニコ笑ってそう言う。

「ええ、こちらこそよろしくお願いします、ニルダ」

表情も言葉も取り繕わずとも、なぜか大半の人間に好かれるニルダに、ミレーラは努力して作った見栄えのする笑顔で応えるのだった。

それから十日ほどが経った日のこと。

ついに側室フレア姫の関係者が、後宮にその姿を現した。

第一陣としてやってきたのは、見たこともないくらいに大きな女戦士であった。

「ヴィクトリア・クロンクヴィスト。『スカジ』の銘をいただいております。スカジと呼んでいただけると幸いです」

長身の女戦士——スカジは後宮侍女達の前で、そう挨拶をする。

スカジの格好は青い軍服姿で腰には剣を下げ、右手には黄色みを帯びた乳白色の槍を持っている。

カープァ王国には表向き存在していない『女戦士』という存在に、後宮侍女達は興味半分、恐怖半分だ。

もちろん、興味にせよ恐怖にせよ、教育の行き届いた後宮侍女達が、それをこのような場であからさまに表に出すことはない。しかし、観察眼に優れた戦士であるスカジの目をごまかせるほどのものではない。

「スカジ様は、フレア様の護衛でもあります。そのため例外として後宮でも武装が許されています。皆さん、失礼のないように」

アマンダ侍女長がそう言って女戦士スカジを皆に紹介する。これまで後宮にいなかった護衛というカテゴリーの人種を、若い侍女達を中心に、どう扱ってよいか分からない。

自分達の同僚ではない。かといって上司でもない。もちろん、主でもない。どのように接するべきなのか？

その空気を敏感に感じ取ったのだろう。女戦士スカジは努めて穏やかに笑うと、

「私、そして今後来られるフレア様も、異国の人間です。それなりにこの国の文化、風習について学んだつもりですが、足りていない部分は確実にあるでしょう。私達の言動が、この国の常識から外れていると思った時は、指摘していただけると幸いです。可能な限り、こちらに合わせるつもりです」

そう言って取った礼の形は、その言葉を象徴するように、カープァ王国の騎士の礼だ。

その言葉の内容以上に、その表情、その声色に宿る理性と気遣いが、侍女達の緊張を解く。

その空気を逃さないうちに、アマンダ侍女長が告げる。

「スカジ様。すでにご承知のことと思いますが、紹介させていただきます。これはニルダ。フレア様付きとなる侍女です」

「ニルダです、スカジ様」

「お久しぶりです、ニルダ。その節はお世話になりました」

大きな黒目を緊張で少し潤ませているニルダに、スカジは穏やかな笑みをもって応える。

続いてアマンダ侍女長はもう三人を紹介する。

「ニルダも後宮では比較的新しい侍女です。そのため、後宮を紹介する意味では少し不安が残りますので、しばらくの間はこの三人を補佐に付けます。ご挨拶なさい」

促されて三人は挨拶をする。

「フェーです」

「ドロレスです、スカジ様。『黄金の木の葉号』では、大変お世話になりました」

「レテです」

「初めまして、フェー、レテ。ドロレスは大任ご苦労様でした。よろしくお願いします」

問題児三人組の挨拶に、女戦士スカジは丁寧に応えた。

女戦士スカジとニルダ、そして問題児三人組が後宮中庭を歩み進む。

スカジの丁寧で柔らかい態度に、人懐っこいニルダや根本的に図々しい問題児三人組はあっという間に打ち解けた。

「それにしても、ドロレスより背の高い女の人って、初めて見ました」

「こら、フェー。失礼よ」

率直な感想を漏らしてドロレスに叱責されるフェーに、女戦士スカジは闊達に笑う。

「いえ、かまいませんよ。戦士にとって大きいは、褒め言葉です。我が国の人間はカープァ王国の人々と比べて背が高い傾向がありますが、流石に私より背の高い女は見たことがありませんね」

そう言って胸を張る女戦士の姿は、見惚れるほど堂々としている。

「そうなんですかー？　それなら、ドロレスちゃんくらいの人も珍しくないんですか？」

レテの問いに、女戦士はドロレスをちらりと見た後、首を横に振る。

「いえ、流石にドロレスは我が国でも背の高い部類になりますね。我が国の一般的な成人女性の背丈は、アウラ陛下くらいでしょうか」

「ふええ……」

「確かに広輝宮で見かけた方々は、そのくらいありましたね」

「大きいんですねー」

女王アウラがおおよそ百七十センチ。カープァ王国では長身の部類に入る。百八十センチあるドロレスは極めて珍しい部類だ。ちなみに女戦士スカジは百八十五を超えている。すらりとしたドロレスとは違い、戦士として極限まで鍛えられているスカジは身長以上に大きく感じられる。

そうして打ち解けてきたところで、一行は別棟へと到着する。

「こちらがフレア様のお部屋になります。ご覧の通り、『霧の魔道具』で涼を取っておりますので、湿気に弱いものの扱いにはご注意下さい」

別棟に入ってニルダが最初に案内したのは、本棟でいえばリビングルームに当たる部屋だ。フレア姫が日常的に生活する空間としてセットされている。

家具は当然ながら全てカープァ王国製。どうしてもウップサーラ王国製のものが欲しければ、善治郎に『瞬間移動』で運んでもらうしかない。椅子一脚程度ならばともかく、ソファーやベッドとなると、魔道具の絨毯を使って運び込む必要があるだろう。さもなくば百日かけて到着予定の『黄金の木の葉号』に乗っている職人に、こちらで一から作ってもらうかだ。

女戦士スカジは厳しい目で部屋や家具を熱心に確認した後、小さく頷く。

「結構です。現時点では問題ありません。お手数をお掛けしました」

ニルダがホッと安堵の笑みを浮かべる。

「それにしても、この魔道具は素晴らしいですね。この部屋の中だけ、まるで別世界だ」

表情には全く出していなかったが、酷暑期の熱気に閉口していたのだろう。落ち着いた口調ながら、その言葉には心の底からの感嘆が感じられる。

「同様の魔道具はもう一つあります。隣の寝室にございます」

「そちらも見せていただきたい」

「はい、ご案内します」

ニルダがそう言って案内する。しっかり前準備をしていたのだろう。その言葉も動きも淀みがない。しかし、あまりに小柄で容姿から声色まで幼いせいで、子供が頑張ってお手伝いをしているようで、微笑ましさが拭(ぬぐ)えない。

リビングルームと寝室が扉一枚隔てて隣接しているという造りも、本棟と同じだ。

ニルダの説明通り、寝室でも『霧の魔道具』が稼働していた。おかげで室温は下がっているが、その分湿度は高い。シーツはもちろんのこと、布団そのものも毎日交換した方がよさそうだ。もっとも『霧の魔道具』がなければ、寝汗で結局は毎日寝具を交換するはめになるのだろうが。

「ふむ。フレア様の寝室と私の部屋は、つながっていないのですね？」

「はい」

護衛という職務上確認するスカジに、ニルダは短い言葉で肯定する。

護衛としてはフレア姫の寝室と自分の寝室がつながっていることが望ましいのだろうが、流石にそれは後宮としては受け入れられない。

フレア姫の寝室で寝るのは、フレア姫だけではないのだ。別棟であってもここは後宮。フレア姫の都合より、善治郎の都合が優先される。

その辺りのことは、当然スカジも理解していた。そのため、その問題についてはそれ以上言及しない。

代わりに、これまでとは一転して非常に言いにくそうな表情で、おずおずと尋ねる。

「その、ニルダ。つかぬことを聞くのですが、この涼を取る魔道具は、二つしかないのでしょうか?」

「はい、その通りです」

ニルダの返答に、女戦士はすごく困った顔をした。

「そうですか。何とかあと二つ、可能なら三つ、用立てていただけないでしょうか?」

魔道具はシャロワ・ジルベール双王国のシャロワ王家にしか作れないことになっている、極めて貴重な代物だ。非常に高価なものであると同時に、金さえ出せばいくらでも手に入る代物でもない。

それは難しいと、申し訳なさそうにニルダは言う。

だが、スカジとしても簡単には諦められない理由があった。

「そうですか……どうしても無理ならば仕方がありませんが、金銭でけりのつく問題ならば多少の無理をしてもお願いしたい。我が国から、フレア様付きの侍女が三人ほど来ることになっているのです。この国の酷暑期は、私はともかく、我が国の侍女達が乗り切れる暑さではない」

むしろ、『黄金の木の葉号』で冒険をしている分、フレア姫の方がそちらの耐性はよっぽどある。

ウップサーラ王国へ行った経験のあるドロレスには、非常に理解できる話だった。

「あー、確かにあの国で育った方には、我が国の酷暑期は酷かも知れませんね」

カープァ王国の気温しか知らないドロレスには、ウップサーラ王国の春は寒いの一言だったし、夏でも夜などは涼しいを通り越して肌寒く感じていた。

フレア姫のお付きとして送られてくる侍女というのは、当然ながら三人とも貴族の生まれである。それぞれ、自分の家に帰ればお嬢様（うち一人は奥様もしくはお母様だが）と呼ばれるような良家の人間だ。

それがいきなり、昼間は四十度越え、夜でも三十五度以上が当たり前の地域に飛ばされて、普通に生活できるはずがない。

「ええと、どうすれば……？」

自分の手に余る要望に、ニルダは困ったような表情で、後ろに控える先輩達を頼る。

その言葉を受けて、ドロレスが口を開く。

「すぐに、購入を申請しておきます。魔道具の購入となりますと、アマンダ侍女長の管轄ではなく、アウラ陛下かゼンジロウ様にお願いする必要がございます。私の方からも事情は説明しておきますが、もし機会がありましたら、スカジ様の方からも直接事情を説明していただけると、よろしいかと存じます」

「分かりました。よろしくお願いします」

スカジは固く決意したように、力強く頷いた。

さらに十日ほどが経ち、後宮の人間は激増した。

まず、カープァ王国側から、別棟勤務用に集められた新人侍女が五人。新人とは言っても、うち三人はアマンダ侍女長と同世代のベテランで、残り二人も高位貴族の館で侍女としての経験を積んでいる人間だ。

異国からやってくるお姫様に、半端な人材を付けるわけにはいかない。まして、異国のお姫様は、自国から気心の知れた侍女を連れてくるのだ。まかり間違えば、後宮別棟を異国の侍女に牛耳られるという可能性すらある。

そうならないようにベテラン三人の中には、アマンダ侍女長の代わりに侍女長を任せられるレベルの人材も交じっている。

そして、ウップサーラ王国の侍女三人も、無事後宮にやってきた。

こちらも三人のうちに一人ベテランが交じっている。恐らくは、ウップサーラ王国でフレア姫付き侍女の統括をしていた人物なのだろう。スヴェーア人のため、髪色はクリーム色、瞳は灰色、肌は白と、外見的な共通項は全くないはずなのに、その異常に背筋の伸びた立ち姿は、不思議なくらいにアマンダ侍女長とダブる。

下手な人材では後宮別棟を乗っ取られるという懸念が、当たっていたとしか思えないくらいの迫力だ。

「ランヒルドと申します。皆様、よろしくお願いします」

全体顔合わせで、ベテラン侍女――ランヒルドがそう名乗った時、後宮の若い侍女達は、アマンダ侍女長に声を掛けられたかのように、ビクリと身体を震わせる。

面白いことに、どうやらそれは向こうも同じだった。

ウップサーラ側の若い侍女二人も、アマンダ侍女長の挨拶を受けて、ビクリと身体を震わせたのだ。なんとなくそれだけで、双方の若い侍女達は、お互い仲良くなれそうな気がしたのだった。

その日の夜。

自室に戻った問題児三人組の間で持ち上がった話題は、北大陸からやってきた新たな同僚達のことだった。

「それにしても、スカジ様の言ってたこと、本当だったね。全員、背が高い。あれって初期の私達の時みたいに、大きな女の人を厳選したわけじゃないよね？」

薄暗い部屋の中、ベッドに腰を掛けて行儀悪く足をぶらぶらさせながら、フェーはそう言う。

カープァ王国後宮侍女初期組は、善治郎のお手付きになることを期待され、女王アウラと同じような特徴を持った女、すなわち背が高い女、胸の大きな女、はたまたその両方の条件を満たしている女が多く送り込まれた。

実際、彼女達問題児三人組も、ドロレスは背が高く、レテは胸が大きい。背が小さく胸も小さいフェーは、例外である。

そんなフェーの言葉を、ドロレスは否定する。

「違うでしょ。他二人はともかく、ランヒルド様まで背が高いのよ？　ランヒルド様に何を期待しているっていうのよ」

「ドロレスちゃん、様付けしているけど、あの人一般侍女だから、立場は私達と一緒だよー？」

レテの指摘に、ドロレスはハッとする。

「もちろん、仕事場では気をつけて呼び捨てにするわよ」

ばつの悪そうな顔をするドロレスを、楽しそうにフェーがあおる。

「はは、ドロレス何やってるのよ。ランヒルド様を様付けにして馬鹿みたい」

「あんたも様付けしてるわよ」

ドロレスにジト目で睨まれて、フェーは慌てて自分の口を押さえる。

「あっ⁉　い、いや、だって……あれは無理でしょ」

「それが分かるなら、茶化すんじゃないい」

「ごめん」

後宮の基準では『問題児三人組』と呼ばれているが、フェー達の性根は良家のお嬢様だ。ランヒルドのような厳格そうな高位貴族には、どうしても敬意を払った口の利き方になってしまう。

「でも、ニルダちゃんが言ってたけど、そのランヒルド様も午前の仕事だけでぐったりしてたらしいよー。他二人の子達は完全に顔色おかしくしてたってー」

最初に注意したレテも、結局は様付けだ。

「やっぱり、スカジ様が仰った通り、酷暑期の暑さは北大陸の人達には相当こたえるみたいね」

「『霧の魔道具』の追加、間に合って良かったね」

「うん。しばらくの間は、ランヒルド様達三人はお昼休み、自室に戻っていいことにするらしいよー」

スカジからの要請がよほど深刻だったのか、『霧の魔道具』の追加は、極めて短時間で叶えられた。追加は三つ。

これで、別棟のリビングルーム、フレア姫の寝室に続いて、女戦士スカジの私室、侍女ランヒルドの私室、そして侍女二人の相部屋にも『霧の魔道具』が設置されることになった。

もちろん、こんな短時間で双王国から魔道具を取り寄せられるはずがない。追加の三つは、フランチェスコ王子に作ってもらったものだ。少数ながらビー玉の量産が可能になったからこそ、出来た早業である。

ランヒルド達にとっては、幸いだったと言えよう。

「でも、いいなあ。『霧の魔道具』で自分の部屋が涼しいって。昼間だけじゃなくて今も涼しいんでしょ?」

フェーがうらやむように言うのも、無理はない。酷暑期の夜は、ほぼ確実に熱帯夜なのだ。今この瞬間も、その例外ではない。フェー達カープァ王国人にとっては生まれた時からのことなので慣れてはいるが、だからといって熱帯夜が好きなわけではない。

新入り侍女達だけが、涼しい部屋で寝ていると思えば、うらやむ気持ちはある。

「しょうがないよー。あの人達は、本当に命に関わるんだからー」

「それは分かってるけどさ」

物分かりの良いレテの言葉に、頭では納得しながらも不満をこぼすフェーである。

「まあ、優遇しておく必要があるでしょ。貴女も噂は聞いてるでしょ？　ウップサーラ王国の王子様がうちから側室を取ろうって話。誰が行くのかは知らないけど、本当にそうなったら、最低でもフレア様が連れてきたくらいの数の侍女が、今度はこっちから向こうに行くことになるのよ。

その人達がちゃんとした扱いを受けられるようにするためにも、こっちがランヒルド様達に配慮しておかないと」

この中で唯一北大陸を経験しているドロレスは、実感のこもった声でそう言う。

ウップサーラ王国には冬と呼ばれる時期があり、その時期は家屋の中でも桶に水を張ったまま一晩経つと、翌朝コチコチに凍っているのだという。正直、カープァ王国の人間には、想像のつかない世界だ。

ウップサーラの人間に色々と助けてもらわなければ、カープァ王国人は、ウップサーラ受けてるんでしょ」

「勇気以前にレテは、後宮から出る気ないでしょ？　本格的にヴァネッサ様に後継者教育

「ちょっと素敵だと思うけど、怖いよねー。私はそんな勇気ないなー」

「北大陸の王子様かあ。本当に誰か、側室になるのかな？」

王国の冬を越せるとは思えない。

「えへへー」

未確定の話でも、いや未確定の話ほど、恋愛や結婚の話というのは無責任に盛り上がるものだ。フェー、ドロレス、レテは油皿の明かりしかない暗い部屋の中で、噂話に花を咲かせる。

「結婚して、残りの人生向こうで過ごすのは流石に嫌だけど、北大陸には興味あるわ。レース編み、可愛かったし」

フェーはそう言って、枕元に置いてある髪留めにそっと手を伸ばした。ドロレスからの北大陸土産であるレースを縫い付けたその髪留めは、フェーの今一番のお気に入りだ。

「そうだねー。あのメイプルシロップっていうのも美味しかったー。甘さは砂糖ほどじゃないけど、ちょっとスーとするような味わいでー、お菓子に使ったら面白そう」

レテも、土産でもらったメイプルシロップの味を思い出し、嬉しそうに笑う。

「あー、それなら機会はあるんじゃないかしら？　すでにウップサーラ王国にはカープァ

王国の大使館が置かれて、『瞬間移動』で行き来することが許可されているでしょ。必然的にゼンジロウ様が、今みたいに向こうに滞在することもあるはずよ。その場合には、後宮から侍女を何人か送ることになると、イネス様が仰ってたわ」

「ほんと!?」

「本当に？　ドロレスちゃん！」

夜ということも忘れて大きな声を上げるフェーとレテに、ドロレスは溜息をつきながら言葉を返す。

「本当よ。まあ、あんた達が選ばれるとは限らないから、ぬか喜びになるかも知れないけどね」

自分が意地悪のつもりでイネスに、フェーとレテを北大陸行きに推薦したことなどおくびにも出さずに、ドロレスはすっとぼけるのだった。

ヒーロー文庫

理想のヒモ生活 13

渡辺恒彦

2020年 4月10日 第1刷発行
2024年10月10日 第2刷発行

発行者 廣島順二

発行所 株式会社イマジカインフォス
〒101-0052 東京都千代田区神田小川町 3-3
電話／03-6273-7850（編集）

発売元 株式会社主婦の友社
〒141-0021
東京都品川区上大崎 3-1-1 目黒セントラルスクエア
電話／049-259-1236（販売）

印刷所 大日本印刷株式会社

ISBN 978-4-07-442815-1